窦娥冤

〔元〕关汉卿 著

黄仕忠 译注

凤凰出版社

图书在版编目（CIP）数据

窦娥冤 / (元) 关汉卿著 ; 黄仕忠译注. -- 南京 : 凤凰出版社, 2023.4
ISBN 978-7-5506-3884-6

Ⅰ. ①窦… Ⅱ. ①关… ②黄… Ⅲ. ①杂剧—剧本—中国—元代 Ⅳ. ①I237.1

中国国家版本馆CIP数据核字(2023)第026277号

书　　名　窦娥冤
著　　者　〔元〕关汉卿 著　黄仕忠 译注
责任编辑　孙　州
特约编辑　莫　培
装帧设计　陈贵子
出版发行　凤凰出版社(原江苏古籍出版社)
　　　　　发行部电话025-83223462
出版社地址　江苏省南京市中央路165号,邮编:210009
照　　排　南京凯建文化发展有限公司
印　　刷　江苏凤凰新华印务集团有限公司
　　　　　中国江苏南京经济技术开发区尧新大道399号,邮编:210038
开　　本　787毫米×1092毫米　1/32
印　　张　6.125
字　　数　111千字
版　　次　2023年4月第1版
印　　次　2023年4月第1次印刷
标准书号　ISBN 978-7-5506-3884-6
定　　价　35.00元

目录

感天动地窦娥冤

附 包待制智斩鲁斋郎

附 包待制三勘蝴蝶梦

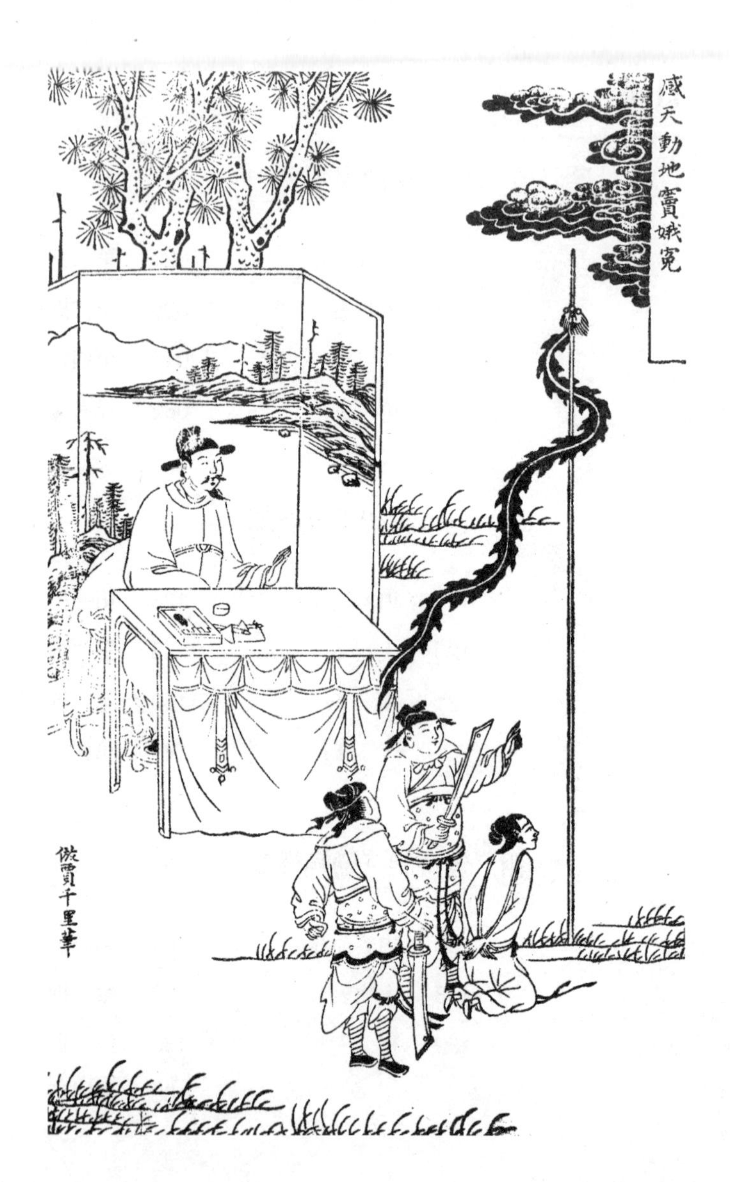
感天動地竇娥冤
倣賈千里筆

感天动地窦娥冤

这是元代杂剧中最负盛名的悲剧作品。

剧中叙述的是一个冤狱故事：贫穷儒士窦天章的女儿窦娥，三岁丧母，七岁离父，因抵债被送给蔡家做童养媳。十七岁婚配，不到两年丈夫夭亡，婆媳双双守寡，相依为命。流氓张驴儿父子闯来，想霸占她们婆媳俩，受到窦娥的严词拒绝。张驴儿逼婚失败，就企图药死蔡婆婆，以便威逼窦娥允婚就范，不料反而误害死自己的父亲。张驴儿借势以药死公公的罪名诬陷窦娥。窦娥不服，与张驴儿对簿公堂。贪官桃杌不问情由，竟对窦娥婆媳施刑拷打。窦娥为了使婆婆免遭毒刑，被迫屈招，最后被问成死罪，惨遭刑戮。死后怨愤冲天，鬼魂诉冤，终于使邪恶受惩，冤案昭雪。

俗语云：“衙门自古向南开，就中无个不冤哉！”从文学的角度讲，并不是每一件冤案都可以写成悲剧的。窦娥的冤案之所以感天动地，是因为她是如此的善良和孝顺，又是那样的刚强，不畏强暴。在关汉卿看来，正因为这样善良的女性惨遭毁灭，才会感动天地。剧中写窦娥死后怨气冲天，致使盛夏飞雪、血溅练旗、楚州大旱三年，她生前的三桩誓愿都成为现实，证明窦娥冤大屈深，从而创造出浓厚的悲剧气氛，淋漓尽致地表达了全剧的主题，使剧作获得艺术升华。

人物表

窦　娥	原名窦端云，后为蔡家媳妇，改称窦娥；因丈夫早死而守寡。正旦扮，扮窦娥鬼魂者称魂旦。
窦天章	窦娥之父。原为穷秀才，后来中举为官，任提刑肃政廉访使。冲末扮。
蔡婆婆	窦娥的家婆，有钱的寡妇。卜儿扮。
张驴儿	无赖。副净扮。
张　父	张驴儿之父。孛老扮。
赛卢医	庸医。净扮。
桃　杌	楚州太守。净扮。
监斩官	监刑之官。外扮。

净扮差役（即公人），外扮州官，丑扮州吏、解子，张千及祗候若干人，刽子手一人。

楔　子[1]

（卜儿[2]蔡婆婆上，诗云）花有重开日，人无再少年。不须长富贵，安乐是神仙[3]。老身蔡婆婆是也，楚州[4]人氏。嫡亲三口儿家属。不幸夫主亡逝已过，止有一个孩儿，年长八岁。俺娘儿两个，过其日月。家中颇有些钱财。这里一个窦秀才，从去年问我借了二十两银子，如今本利该银四十两。我数次索取，那窦秀才只说贫难，没得还我。他有一个女儿，今年七岁，生得可喜，长

◇◇◇◇◇◇◇◇◇◇

① 楔（xiē）子：戏曲名词。元杂剧通常每本四折，在四折以外所增加的短的独立段落，叫楔子。其作用是交代或衔结剧情，一般用在全剧的开头，作为剧情的开端，近似于现代戏曲的序幕；有时也用在折与折之间，起到过场戏的作用。
② 卜儿：元代杂剧里老年妇女的俗称，老旦、外、净等角色均可扮演。
③ "花有重开日"四句：从元杂剧的表演程式讲，这四句诗叫作定场诗，是杂剧人物上场时念诵的诗。念完定场诗后，剧中人物接着念的一段独白，叫作定场白。其内容大多是介绍人物的姓名、籍贯、身世，以及当时的情境、事件的过程等。定场诗和定场白的作用在于介绍剧情，安定观众情绪。
④ 楚州：唐宋时州名，治所在山阳（即今江苏淮安）。按：元杂剧中的地名往往是剧作家虚拟的，跟实际的地域政区不一定相合，如后文的"长安京兆"。

得可爱，我有心看上他，与我家做个媳妇，就准了这四十两银子，岂不两得其便。他说今日好日辰，亲送女儿到我家来。老身且不索钱去，专在家中等候。这早晚窦秀才敢待来也。

（冲末[①]扮窦天章引正旦[②]扮端云上，诗云）读尽缥缃万卷书[③]，可怜贫杀马相如[④]。汉庭一日承恩召，不说当垆说《子虚》[⑤]。小生姓窦，名天章，祖贯长安京兆[⑥]人也。幼习儒业，饱有文章，争

◇◇◇◇◇◇◇◇◇◇

① 冲末：元杂剧角色名。是末类中正末以外的重要角色，可以扮演正面或反面人物。冲末大都在杂剧开场时即上。末，杂剧中的角色行当，主要扮演中年男性。

② 正旦：元杂剧中的女主角。旦，杂剧中扮演女性人物的角色行当。

③ 缥缃（piǎo xiāng）：淡青色的和浅黄色的绸子。古人习惯用这两种绸子作书囊和书衣，后因以"缥缃"为书籍的代称。

④ 马相如：即司马相如。西汉辞赋家，字长卿，蜀郡（今四川成都一带）人。早年家贫，曾在临邛（今四川邛崃）卖酒。工辞赋。汉武帝读到他写的《子虚赋》《上林赋》，大为赞赏，即让他做皇帝侍从官。

⑤ 当垆：指卖酒。古时的酒店，垒土为垆，安放酒瓮，卖酒的人坐在垆边，叫作"当垆"。《史记·司马相如传》载：司马相如和卓文君结成夫妻后，因穷困而在临邛"买一酒舍酤酒，而令文君当垆"。《子虚》，即《子虚赋》。

⑥ 长安京兆：本均为汉唐宋的政区名。长安，指长安县，汉高帝五年（前202）置，治所在今陕西西安西北，隋开皇三年（583）移治今西安，至清代不改。京兆，郡名，即汉代的"京兆尹"，因地属京畿，故不称郡。至唐代称"京兆郡"，治所在长安、万年（今陕西西安）。元代改为安西路。

奈时运不通[1]，功名未遂。不幸浑家亡化已过，撇下这个女孩儿，小字端云。从三岁上亡了他母亲，如今孩儿七岁了也。小生一贫如洗，流落在这楚州居住。此间一个蔡婆婆，他家广有钱物。小生因无盘缠[2]，曾借了他二十两银子，到今本利该对还他四十两。他数次问小生索取，教我把甚么还他？谁想蔡婆婆常常着人来说，要小生女孩儿做他儿媳妇。况如今春榜动，选场开[3]，正待上朝取应[4]，又苦盘缠缺少。小生出于无奈，只得将女孩儿端云送与蔡婆婆做儿媳妇去。（做叹科[5]，云）嗨，这个那里是做媳妇？分明是卖与他一般。就准了他那先借的四十两银子，分外但得些少东西，勾小生应举之费，便也过望了。说话之间，早来到他家门首。婆婆在家么？

（卜儿上，云）秀才请家里坐，老身等候多时也。

◇◇◇◇◇◇◇◇◇◇

① 争奈：怎奈。

② 盘缠：路费，这里指日常生活费用。

③ 春榜：唐宋考进士都在春季，因此叫春榜。选场：试场。

④ 上朝取应：进京考试。

⑤ 科：元杂剧术语。是杂剧剧本中动作表情或其他方面的舞台提示，有时也提示舞台效果。

（做相见科）

（窦天章云）小生今日一径的将女孩儿送来与婆婆，怎敢说做媳妇，只与婆婆早晚使用。小生目下就要上朝进取功名去，留下女孩儿在此，只望婆婆看觑则个[1]。

（卜儿云）这等，你是我亲家了。你本利少我四十两银子，兀的[2]是借钱的文书，还了你；再送与你十两银子做盘缠。亲家，你休嫌轻少。

（窦天章做谢科，云）多谢了婆婆。先少你许多银子，都不要我还了，今又送我盘缠，此恩异日必当重报。婆婆，女孩儿早晚呆痴，看小生薄面，看觑女孩儿咱。

（卜儿云）亲家，这不消你嘱咐，令爱到我家，就做亲女儿一般看承他，你只管放心的去。

（窦天章云）婆婆，端云孩儿该打呵，看小生面则[3]骂几句；当骂呵，则处分[4]几句。孩儿，你

◇◇◇◇◇◇◇◇◇◇

① 看觑：照顾。则个：语尾助词，多带有祈求希望的语气。

② 兀的：指示词，也作兀底或兀得，意即这里或这个。

③ 则：元剧中常和“只”字通用，如“则索”“则落得”“则教人”。

④ 处分：这里是责备、批评的意思。

也不比在我跟前，我是你亲爷，将就的你。你如今在这里，早晚若顽劣呵，你只讨那打骂吃。儿噪，我也是出于无奈。（做悲科，唱）

【仙吕赏花时[1]】我也只为无计营生四壁贫，因此上割舍得亲儿在两处分。从今日远践洛阳[2]尘，又不知归期定准，则落的无语暗消魂[3]。（下）

（卜儿云）窦秀才留下他这女孩儿与我做媳妇儿，他一径上朝应举去了。

（正旦做悲科，云）爹爹，你直下的[4]撇了我孩儿去也！

（卜儿云）媳妇儿，你在我家，我是亲婆，你是亲媳妇，只当自家骨肉一般。你不要啼哭，跟着老身前后执料去来[5]。（同下）

◇◇◇◇◇◇◇◇◇◇

① 仙吕：戏曲宫调名。宫调是我国古代音乐里的乐调，好像现代歌曲有C调、D调一样。在戏曲里通用的有仙吕、南吕、中吕、黄钟、正宫、大石、双调、商调和越调等九种。赏花时：是仙吕宫里的一个曲牌。

② 洛阳：指京都。

③ 暗消魂：形容离别时伤心、难过。“暗”通“黯”，“消”通“销”。

④ 直下的：竟下得手。

⑤ 执料：照料。

第一折[1]

（净扮赛卢医[2]上，诗云）行医有斟酌，下药依《本草》[3]。死的医不活，活的医死了。自家姓卢，人道我一手好医，都叫作赛卢医，在这山阳县南门开着生药局。在城有个蔡婆婆，我问他借了十两银子，本利该还他二十两。数次来讨这银子，我又无的还他。若不来便罢，若来呵，我自有个主意。我且在这药铺中坐下，看有甚么人来。

（卜儿上，云）老身蔡婆婆。我一向搬在山阳县

◇◇◇◇◇◇◇◇◇◇

① 折：戏曲名词。元杂剧剧本结构的一个段落，即杂剧划分演唱场次的单位，相当于现代话剧的一幕。元杂剧一般以四折为一本，每折用同一宫调的若干曲子组成一个套曲，一韵到底，合演一个完整的故事。

② 净：元杂剧角色名称，一般认为是从宋杂剧的“副净”发展而来的。在元杂剧中，往往扮演性情恶劣、举动粗野的人物。卢医：春秋时名医扁鹊。他是卢地（今山东长清西南）人，所以称为“卢医”。元杂剧中，多把庸医取名为“赛卢医”，是一种讽刺性的反称。

③《本草》：指《神农本草经》，是我国古代一部记载药物种类及性能的书籍。“下药依《本草》”是赛卢医的自我吹嘘。

居住，尽也静办[1]。自十三年前，窦天章秀才留下端云孩儿，与我做儿媳妇，改了他小名，唤做窦娥。自成亲之后，不上二年，不想我这孩儿害弱症[2]死了。媳妇儿守寡，又早三个年头，服孝将除了也。我和媳妇儿说知，我往城外赛卢医家索钱去也。（做行科，云）蓦过隅头[3]，转过屋角，早来到他家门首。赛卢医在家么？

（卢医云）婆婆，家里来。

（卜儿云）我这两个银子长远了，你还了我罢。

（卢医云）婆婆，我家里无银子，你跟我庄上去取银子还你。

（卜儿云）我跟你去。

（做行科）

（卢医云）来到此处，东也无人，西也无人，这里不下手，等甚么？我随身带的有绳子。兀那婆婆，谁唤你哩？

（卜儿云）在那里？

◇◇◇◇◇◇◇◇◇

① 尽也静办：倒也清静。

② 弱症：指气血不足一类的病症。

③ 蓦（mò）：跨，迈。有跨越、忽然的意思。

（做勒卜儿科）（孛老[1]同副净张驴儿冲上[2]）（赛卢医慌走下）（孛老救卜儿科）

（张驴儿云）爹，是个婆婆，争些[3]勒杀了。

（孛老云）兀那婆婆，你是那里人氏？姓甚名谁？因甚着这个人将你勒死？

（卜儿云）老身姓蔡，在城人氏，止有个寡媳妇儿相守过日。因为赛卢医少我二十两银子，今日与他取讨。谁想他赚我到无人去处，要勒死我，赖这银子。若不是遇着老的和哥哥呵，那得老身性命来。

（张驴儿云）爹，你听的他说么？他家还有个媳妇哩！救了他性命，他少不得要谢我。不若你要这婆子，我要他媳妇儿，何等两便。你和他说去。

（孛老云）兀那婆婆，你无丈夫，我无浑家，你肯与我做个老婆，意下如何？

（卜儿云）是何言语！待我回家，多备些钱钞相谢。

（张驴儿云）你敢[4]是不肯，故意将钱钞哄我？赛

◇◇◇◇◇◇◇◇◇

① 孛老：杂剧中扮演老年男子的角色。

② 冲上：戏剧术语，指演员匆匆出场或突然出场。

③ 争些：差一点。

④ 敢：大概、大约。

卢医的绳子还在，我仍旧勒死了你罢。（做拿绳科）

（卜儿云）哥哥，待我慢慢地寻思咱。

（张驴儿云）你寻思些甚么？你随我老子，我便要你媳妇儿。

（卜儿背云[1]）我不依他，他又勒杀我。罢罢罢，你爷儿两个随我到家中去来。（同下）

（正旦上，云）妾身姓窦，小字端云，祖居楚州人氏。我三岁上亡了母亲，七岁上离了父亲。俺父亲将我嫁与蔡婆婆为儿媳妇，改名窦娥，至十七岁与夫成亲。不幸丈夫亡化，可早三年光景，我今二十岁也。这南门外有个赛卢医，他少俺婆婆银子，本利该二十两，数次索取不还，今日俺婆婆亲自索取去了。窦娥也，你这命好苦也呵！（唱）

【仙吕点绛唇[2]】满腹闲愁，数年禁受[3]，天知否？天若是知我情由，怕不待和天瘦。

◇◇◇◇◇◇◇◇◇◇

① 背云：戏剧术语，演员在舞台上背着别的角色直接向观众作必要的表白，称为背云（又叫背白）或背唱。

② 点绛唇：曲牌名，属仙吕宫。在元杂剧中，各折所用的套曲宫调不能重复。一般由正末或正旦一人主唱，其他角色只有说白。

③ 禁受：忍受。

【混江龙】则问那黄昏白昼，两般儿忘餐废寝几时休？大都[1]来昨宵梦里，和着这今日心头。催人泪的是锦烂漫花枝横绣闼[2]，断人肠的是剔团圞月色挂妆楼。长则是急煎煎按不住意中焦，闷沉沉展不彻眉尖皱，越觉的情怀冗冗，心绪悠悠。

（云）似这等忧愁，不知几时是了也呵！（唱）

【油葫芦】莫不是八字儿该载着一世忧，谁似我无尽头！须知道人心不似水长流。我从三岁母亲身亡后，到七岁与父分离久，嫁的个同住人，他可又拔着短筹[3]；撇的俺婆妇每[4]都把空房守，端的个有谁问、有谁偢[5]？

【天下乐】莫不是前世里烧香不到头，今也波生[6]招祸

◇◇◇◇◇◇◇◇◇◇

① 大都：大抵、不过、总算。

② 绣闼（tà）：指闺房，女子的卧室。闼，门。

③ 拔着短筹：夭死。筹，刻着数字的算筹；短筹，指数目小的算筹，比喻短命。

④ 每：同“们”。

⑤ 偢（chǒu）：也作“瞅”，理睬。

⑥ 今也波生：即今生。也波，语助词，无义，只起舒缓语气的作用。据【天下乐】的曲律要求，此处须有“也波”二字。

尤？劝今人早将来世修[1]。我将这婆侍养，我将这服孝守，我言词须应口[2]。

（云）婆婆索钱去了，怎生这早晚不见回来？（卜儿同孛老、张驴儿上）

（卜儿云）你爷儿两个且在门首，等我先进去。

（张驴儿云）奶奶，你先进去，就说女婿在门首哩。

（卜儿见正旦科）

（正旦云）奶奶回来了，你吃饭么？

（卜儿做哭科，云）孩儿也，你教我怎生说波！

（正旦唱）

【一半儿】为甚么泪漫漫不住点儿流？莫不是为索债与人家惹争斗？我这里连忙迎接慌问候，他那里要说缘由。（卜儿云）羞人答答的，教我怎生说波！（正旦唱）**则见他一半儿徘徊一半儿丑[3]。**

◇◇◇◇◇◇◇◇◇

① 来世：未来一世。佛教称过去、未来、现在为“世”。修：修行。修来世，意思是说今生今世修习未来一世的功业。

② 应口：说到做到，决不改口。

③ 一半儿……一半儿：是【一半儿】曲牌尾句句式。丑：羞惭。

（云）婆婆，你为甚么烦恼啼哭那？

（卜儿云）我问赛卢医讨银子去，他赚我到无人去处，行起凶来，要勒死我。亏了一个张老并他儿子张驴儿，救得我性命。那张老就要我招他做丈夫，因这等烦恼。

（正旦云）婆婆，这个怕不中么？你再寻思咱：俺家里又不是没有饭吃，没有衣穿，又不是少欠钱债，被人催逼不过；况你年纪高大，六十以外的人，怎生又招丈夫那？

（卜儿云）孩儿也，你说的岂不是，但是我的性命全亏他这爷儿两个救的。我也曾说道：待我到家，多将些钱物酬谢你救命之恩。不知他怎生知道我家里有个媳妇儿，道我婆、媳妇又没老公，他爷儿两个又没老婆，正是天缘天对。若不随顺他，依旧要勒死我。那时节我就慌张了，莫说自己许了他，连你也许了他。儿也，这也是出于无奈。

（正旦云）婆婆，你听我说波。（唱）

【后庭花】遇时辰我替你忧，拜家堂我替你愁；梳着个霜雪般白鬏髻，怎戴那销金锦盖头？怪不的女大不中留。你如今六旬左右，可不道到中年万事休！旧恩爱一笔勾，新夫妻两意投，枉教人笑破口。

（卜儿云）我的性命都是他爷儿两个救的，事到如今，也顾不得别人笑话了。

（正旦唱）

【青哥儿】你虽然是得他、得他营救，须不是笋条[①]、笋条年幼，刬的[②]便巧画蛾眉成配偶！想当初你夫主遗留，替你图谋，置下田畴，早晚羹粥，寒暑衣裘，满望你鳏寡孤独，无挨无靠，母子每到白头。公公也，则落得干生受[③]！

（卜儿云）孩儿也，他如今只待过门，喜事匆匆的，教我怎生回得他去？

（正旦唱）

◇◇◇◇◇◇◇◇◇

① 笋条：嫩笋，借喻年轻。“笋条”与上句“得他”两字迭用，是【青哥儿】定格。

② 刬（chàn）的：这里是“怎么就”“如何就”的意思。

③ 干生受：白辛苦。

【寄生草】你道他匆匆喜，我替你倒细细愁：愁则愁兴阑珊咽不下交欢酒，愁则愁眼昏腾扭不上同心扣，愁则愁意朦胧睡不稳芙蓉褥。你待要笙歌引至画堂前[①]，我道这姻缘敢落在他人后。

(卜儿云）孩儿也，再不要说我了，他爷儿两个都在门首等候，事已至此，不若连你也招了女婿罢。

(正旦云）婆婆，你要招你自招，我并然不要女婿。

(卜儿云）那个是要女婿的！争奈他爷儿两个自家挨过门来，教我如何是好?

(张驴儿云）我们今日招过门去也。帽儿光光，今日做个新郎；袖儿窄窄，今日做个娇客。好女婿，好女婿，不枉了，不枉了。(同孛老入拜科）

(正旦做不礼科，云）兀那厮，靠后！(唱）

【赚煞】我想这妇人每休信那男儿口。婆婆也怕没的贞心儿自守，到今日招着个村老子，领着个半死囚。

◇◇◇◇◇◇◇◇◇◇

① 笙歌引至画堂前：指举行结婚典礼。

（张驴儿做嘴脸[①]科，云）**你看我爷儿两个这等身段，尽也选得女婿过。你不要错过了好时辰，我和你早些儿拜堂罢。**

（正旦不礼科，唱）**则被你坑杀人燕侣莺俦[②]。婆婆也，你岂不知羞！俺公公撞府冲州，阐阂的铜斗儿家缘[③]百事有。想着俺公公置就，怎忍教张驴儿情受？**（张驴儿做扯正旦拜科，正旦推跌科，唱）**兀的不是俺没丈夫的妇女下场头[④]！**

（下）

（卜儿云）你老人家不要恼躁[⑤]。难道你有活命之恩，我岂不思量报你？只是我那媳妇儿气性最不好惹的，既是他不肯招你儿子，教我怎好招你老人家？我如今拚的好酒好饭养你爷儿两个在家，待我慢慢的劝化俺媳妇儿。待他有个回心转意，再作区处。

◇◇◇◇◇◇◇◇◇◇

① 做嘴脸：做怪相。

② 坑杀人燕侣莺俦：意思是拿夫妻关系来坑害人。坑，害。坑杀人，即坑人、害人。燕侣莺俦，喻夫妻。

③ 阐阂（zhèng chuài）：同“挣挫”，挣扎的意思。

④ 下场头：下梢头，结局，结果。

⑤ 躁：急，不安。

（张驴儿云）这歪剌骨[1]！便是黄花女儿[2]，刚刚扯的一把，也不消这等使性，平空的推了我一交，我肯干罢！就当面赌个誓与你：我今生今世不要他做老婆，我也不算好男子！（词[3]云）美妇人我见过万千向外，不似这小妮子生得十分惫赖[4]。我救了你老性命死里重生，怎割舍得不肯把肉身陪待？（同下）

◇◇◇◇◇◇◇◇◇◇

① 歪剌骨：贱骨头。这是骂妇女的话。

② 黄花女儿：未婚女子，处女。

③ 词：即下场词，是元杂剧的表演程式。在元杂剧中，凡是每折结束时，剧中人物下场都要念一首七言诗或一段独白来结束该折；有时也只念二句五言对子，所以又称“下场诗”“下场白”或“下场对”。

④ 惫（bèi）赖：即泼赖，有凶狠、泼辣、刁顽等意思。

第二折

（赛卢医上，诗云）小子太医出身，也不知道医死多人。何尝怕人告发，关了一日店门？在城有个蔡家婆子，刚少的他二十两花银，屡屡亲来索取，争些捻[①]断脊筋。也是我一时智短，将他赚到荒村，撞见两个不识姓名男子，一声嚷道："浪荡乾坤，怎敢行凶撒泼，擅自勒死平民！"吓得我丢了绳索，放开脚步飞奔。虽然一夜无事，终觉失精落魂。方知人命关天关地，如何看做壁上灰尘？从今改过行业，要得灭罪修因[②]。将以前医死的性命，一个个都与他一卷超度[③]的经文。小子赛卢医的便是。只为要赖蔡婆婆二十两银子，赚他到荒僻去处，正待勒死他，谁想遇

◇◇◇◇◇◇◇◇◇◇

① 捻（niǎn）断：犹云戳断。

② 灭罪修因：灭去今世罪过，修造来世福因。

③ 超度：佛教、道教用语，即为人诵经拜忏，以救助死亡的人超越脱离所谓阴间的苦难。

见两个汉子，救了他去。若是再来讨债时节，教我怎生见他？常言道的好："三十六计，走为上计。"喜得我是孤身，又无家小连累，不若收拾了细软[1]行李，打个包儿，悄悄的躲到别处，另做营生，岂不干净？

（张驴儿上，云）自家张驴儿。可奈那窦娥百般的不肯随顺我。如今那老婆子害病，我讨服毒药与他吃了，药死那老婆子，这小妮子好歹做我的老婆。（做行科，云）且住，城里人耳目广，口舌多，倘见我讨毒药，可不嚷出事来？我前日看见南门外有个药铺，此处冷静，正好讨药。（做到科，叫云）太医哥哥，我来讨药的。

（赛卢医云）你讨甚么药？

（张驴儿云）我讨服毒药。

（赛卢医云）谁敢合[2]毒药与你？这厮好大胆也！

（张驴儿云）你真个不肯与我药么？

（赛卢医云）我不与你，你就怎地我？

（张驴儿做拖卢，云）好呀，前日谋死蔡婆婆的，

◇◇◇◇◇◇◇◇◇◇

① 细软：指轻便的贵重物品。

② 合：调制，配制。

不是你来？你说我不认的你哩，我拖你见官去！

（赛卢医做慌科，云）大哥，你放我，有药有药。

（做与药科）

（张驴儿云）既然有了药，且饶你罢。正是："得放手时须放手，得饶人处且饶人。"（下）

（赛卢医云）可不悔气！刚刚讨药的这人，就是救那婆子的。我今日与了他这服毒药去了，以后事发，越越要连累我。趁早儿关上药铺，到涿州[1]卖老鼠药去也。（下）

（卜儿上，做病伏几科）（孛老同张驴儿上，云）老汉自到蔡婆婆家来，本望做个接脚[2]，却被他媳妇坚执不从。那婆婆一向收留俺爷儿两个在家同住，只说好事不在忙，等慢慢里劝转他媳妇，谁想那婆婆又害起病来。孩儿，你可曾算我两个的八字，红鸾天喜[3]，几时到命哩？

（张驴儿云）要看什么天喜到命！只赌本事，做

◇◇◇◇◇◇◇◇◇

① 涿（zhuō）州：州名，唐大历四年（769）时置，治所在范阳县（今河北涿州）。元代曾一度升为涿州路。

② 接脚：接脚婿。寡妇再嫁的后夫。

③ 红鸾：即红鸾星，旧时星相家认为红鸾星主婚事。天喜：吉日。

得去，自去做。

（孛老云）孩儿也，蔡婆婆害病好几日了，我与你去问病波。（做见卜儿问科，云）婆婆，你今日病体如何？

（卜儿云）我身子十分不快哩。

（孛老云）你可想些甚么吃？

（卜儿云）我思量些羊肚儿汤吃。

（孛老云）孩儿，你对窦娥说，做些羊肚儿汤与婆婆吃。

（张驴儿向古门[①]，云）窦娥，婆婆想羊肚儿汤吃，快安排将来。

（正旦持汤上，云）妾身窦娥是也。有俺婆婆不快，想羊肚汤吃，我亲自安排了与婆婆吃去。婆婆也，我这寡妇人家，凡事也要避些嫌疑，怎好收留那张驴儿父子两个？非亲非眷的，一家儿同住，岂不惹外人谈议？婆婆也，你莫要背地里许了他亲事，连我也累做不清不洁的。我想这妇人心好难保也呵！（唱）

◇◇◇◇◇◇◇◇◇◇

① 古门：戏剧术语。指舞台通向后台的出入口，或称鬼门。

【南吕一枝花】他则待一生鸳帐眠，那里肯半夜空房睡？他本是张郎妇，又做了李郎妻。有一等妇女每相随，并不说家克计，则打听些闲是非。说一会不明白打凤[①]的机关，使了些调虚嚣捞龙的见识。

【梁州第七】这一个似卓氏般当垆涤器[②]，这一个似孟光般举案齐眉[③]，说的来藏头盖脚多伶俐！道着难晓，做出才知。旧恩忘却，新爱偏宜。坟头上土脉犹湿，架儿上又换新衣。那里有奔丧处哭倒长城[④]？那里有浣纱时甘投大

◇◇◇◇◇◇◇◇◇◇

① 打凤：和下句“捞龙”都是安排圈套、使人中计的意思。

② 卓氏：指卓文君。西汉临邛（今四川邛崃）人，富商卓王孙之女。喜好音乐。新寡后居家，得遇司马相如，与他相恋，便私下跟相如逃到成都。不久后，他们又一同回到临邛，文君当垆卖酒，相如涤器于市。涤（dí）器：洗刷器皿。

③ 举案齐眉：比喻夫妻相敬如宾。语出《后汉书·梁鸿传》：鸿“为人赁舂，每归，妻为具食，不敢于鸿前仰视，举案齐眉”。案，有支脚的小托盘。齐眉，跟眉头一样高，形容尊敬。

④ 哭倒长城：即杞梁之妻的故事。据西汉刘向《列女传·贞顺传》记载：春秋时齐将杞梁随庄公袭莒，战死。“杞梁之妻无子，内外无五属之亲，乃就其夫之尸于城下而哭之……十日而城为之崩……遂赴淄水而死。”后人把杞梁说成秦朝人，称“范杞梁”，把他的妻子称作“孟姜女”，并敷演成孟姜女万里送寒衣的故事，其中明确提到孟姜女给修长城的丈夫送寒衣，到了长城边，听说丈夫已劳累致死，她便大哭，把长城哭倒了。见到城下暴露出的累累枯骨，后以指血认出了丈夫的尸骨。

水[1]？那里有上山来便化顽石[2]？可悲，可耻！妇人家直恁的无仁义，多淫奔[3]，少志气。亏杀前人在那里，更休说百步相随[4]。

（云）婆婆，羊肚儿汤做成了，你吃些儿波。

（张驴儿云）等我拿去。（做接尝科，云）这里面少些盐醋，你去取来。

（正旦下）（张驴儿放药科）

（正旦上，云）这不是盐醋？

（张驴儿云）你倾下些。

（正旦唱）

【隔尾】你说道少盐欠醋无滋味，加料添椒才脆美。但愿娘亲早痊济，饮羹汤一杯，胜甘露灌体，得一个身子平安

◇◇◇◇◇◇◇◇◇◇

① 浣纱时甘投大水：事见东汉赵晔《吴越春秋》。据载，春秋时伍子胥逃难至江边，遇到一浣纱女，受到她的同情。伍子胥嘱咐浣纱女不要泄露他的行踪，浣纱女为了表白自己的诚意，竟投江自杀。

② 上山来便化顽石：即望夫石的传说。据《方舆纪》载，《初学记》卷五引刘义庆《幽明录》载："武昌北山有望夫石，状若人立。古传云：昔有贞妇，其夫从役，远赴国难，携弱子饯送北山，立望夫而化为立石。"

③ 淫奔：旧指女方违反礼教规定，往就男方，男女自行结合。

④ 百步相随：形容妻子对丈夫的爱恋之情。当时成语有"相随百步，尚有徘徊意"。

倒大来[1]喜。

（孛老云）孩儿，羊肚汤有了不曾？

（张驴儿云）汤有了，你拿过去。

（孛老将汤云）婆婆，你吃些汤儿。

（卜儿云）有累你。（做呕科，云）我如今打呕，不要这汤吃了，你老人家吃罢。

（孛老云）这汤特做来与你吃的，便不要吃，也吃一口儿。

（卜儿云）我不吃了，你老人家请吃。（孛老吃科）

（正旦唱）

【贺新郎】一个道你请吃，一个道婆先吃，这言语听也难听，我可是气也不气！想他家与咱家有甚的亲和戚？怎不记旧日夫妻情意，也曾有百纵千随。婆婆也，你莫不为黄金浮世宝，白发故人稀[2]，因此上把旧恩情全不比新知

◇◇◇◇◇◇◇◇◇

① 倒大来：绝大，极其。来，语助词。

② “黄金浮世宝”二句：当时成语，意为黄金是世俗所宝的，从小相交到白头的朋友是很少见的，这是讥讽蔡婆贪图眼前享受，轻视前夫恩爱。

契？则待要百年同墓穴，那里肯千里送寒衣。

（孛老云）我吃下这汤去，怎觉昏昏沉沉的起来？（做倒科）

（卜儿慌科，云）你老人家放精细[1]着，你扎挣着些儿。（做哭科，云）兀的不是死了也！

（正旦唱）

【斗虾蟆】空悲戚，没理会，人生死，是轮回[2]。感着这般病疾，值着这般时势，可是风寒暑湿，或是饥饱劳役，各人证候自知。人命关天关地，别人怎生替得？寿数非干今世。相守三朝五夕，说甚一家一计。又无羊酒段匹，又无花红财礼[3]；把手为活过日，撒手如同休弃[4]。不是窦娥忤逆，生怕傍人论议，不如听咱劝你，认个自家悔气。割舍的一具棺材停置，几件布帛收拾。出了咱家门里，送入他家坟地。这不是你那从小儿年纪指脚的夫妻[5]。我其实不

◇◇◇◇◇◇◇◇◇◇

① 精细：清醒。

② 轮回：迷信说法，认为人死后会转世再生。

③ 羊、酒、段匹、花红、财礼：都是当时订婚的礼物。段，同“缎”。

④ “把手为活过日”二句：承接上句，说这种露水夫妻，死了就算了。把手，携手。

⑤ 指脚的夫妻：结发夫妻。

关亲，无半点恓惶泪。休得要心如醉，意似痴，便这等嗟嗟怨怨，哭哭啼啼。

（张驴儿云）好也罗！你把我老子药死了，更待干罢！

（卜儿云）孩儿，这事怎了也？

（正旦云）我有什么药？在那里？都是他要盐醋时，自家倾在汤儿里的。（唱）

【隔尾】这厮搬调[①]咱老母收留你，自药死亲爷，待要唬吓谁？

（张驴儿云）我家的老子，倒说是我做儿子的药死了，人也不信。（做叫科，云）四邻八舍听着：窦娥药杀我家老子哩。

（卜儿云）罢么，你不要大惊小怪的，吓杀我也。

（张驴儿云）你可怕么？

（卜儿云）可知怕哩。

（张驴儿云）你要饶么？

◇◇◇◇◇◇◇◇◇

① 搬调：搬弄挑拨。

（卜儿云）**可知要饶哩。**

（张驴儿云）**你教窦娥随顺了我，叫我三声的的亲亲的丈夫，我便饶了他。**

（卜儿云）**孩儿也，你随顺了他罢。**

（正旦云）**婆婆，你怎说这般言语！**（唱）**我一马难将两鞍鞴**[①]**，想男儿在日，曾两年匹配，却教我改嫁别人，其实做不得。**

（张驴儿云）窦娥，你药杀了俺老子，你要官休，要私休？

（正旦云）怎生是官休？怎生是私休？

（张驴儿云）你要官休呵，拖你到官司，把你三推六问。你这等瘦弱身子，当不过拷打，怕你不招认药死我老子的罪犯！你要私休呵，你早些与我做了老婆，倒也便宜了你。

（正旦云）我又不曾药死你老子，情愿和你见官去来。

（张驴儿拖正旦、卜儿下）

◇◇◇◇◇◇◇◇◇◇

① 一马难将两鞍鞴（bèi）：比喻一个妇女不能出嫁两次。这是封建礼教对妇女的道德规范。鞴，把鞍鞴套在牲口身上。

（净扮孤引祗候上[①]，诗云）我做官人胜别人，告状来的要金银。若是上司当刷卷[②]，在家推病不出门。下官楚州太守桃杌[③]是也。今早升厅坐衙，左右，喝撺厢[④]。（祗候幺喝科）

（张驴儿拖正旦、卜儿上，云）告状告状。

（祗候云）拿过来。（做跪见）

（孤亦跪科，云）请起。

（祗候云）相公，他是告状的，怎生跪着他？

（孤云）你不知道，但来告状的，就是我衣食父母。

（祗候幺喝科）

（孤云）那个是原告？那个是被告？从实说来。

◇◇◇◇◇◇◇◇◇

① 孤：始见于宋代的杂剧角色，以官员为主要扮演对象。祗（zhī）候：官府衙役。此指剧中扮演成衙役的演员。

② 刷卷：专指旧时官员查看文书、案卷。

③ 桃杌（wù）：即梼杌，古代所谓“四凶”之一。《左传》文公十八年：“颛顼氏有不才子，不可教训，不知话言。告之则顽，舍之则嚣；傲很明德，以乱天常，天下之民谓之梼杌。”梼杌，本义是凶顽无比。剧中借作楚州太守之名，有讥刺和鞭挞其昏昧凶恶的用意。

④ 喝撺厢：宋元时官府开庭的一种仪式，即开庭时衙役大声吆喝：“在衙人马平安，抬书案！”同时从箱中取出状词，呈送官员。喝，高声呐喊。撺，移动，开启。厢，或作“箱”，是宋元时官府在衙门前放置的投状词的箱子。

（张驴儿云）小人是原告张驴儿，告这媳妇儿，唤做窦娥，合毒药下在羊肚汤儿里，药死了俺的老子。这个唤做蔡婆婆，就是俺的后母。望大人与小人做主咱。

（孤云）是那一个下的毒药？

（正旦云）不干小妇人事。

（卜儿云）也不干老妇人事。

（张驴儿云）也不干我事。

（孤云）都不是，敢是我下的毒药来？

（正旦云）我婆婆也不是他后母，他自姓张，我家姓蔡。我婆婆因为与赛卢医索钱，被他赚到郊外，勒死我婆婆，却得他爷儿两个救了性命。因此我婆婆收留他爷儿两个在家，养膳终身，报他的恩德。谁知他两个倒起不良之心，冒认婆婆做了接脚，要逼勒小妇人做他媳妇。小妇人元是有丈夫的，服孝未满，坚执不从。适值我婆婆患病，着小妇人安排羊肚儿汤吃。不知张驴儿那里讨得毒药在身，接过汤来，只说少些盐醋，支转小妇人，暗地倾下毒药。也是天幸，我婆婆忽然呕吐，不要汤吃，让与他老子吃，才吃的几口便死了。与小妇人并无干涉。只望大人高抬明镜，

替小妇人做主咱。（唱）

【牧羊关】大人你明如镜，清似水，照妾身肝胆虚实。那羹本五味俱全，除了外百事不知。他推道尝滋味，吃下去便昏迷。不是妾讼庭上胡支对，大人也，却教我平白地说甚的?

（张驴儿云）大人详情：他自姓蔡，我自姓张。他婆婆不招俺父亲接脚，他养我父子两个在家做甚么？这媳妇年纪儿虽小，极是个赖骨顽皮，不怕打的。

（孤云）人是贱虫，不打不招。左右，与我选大棍子打着！（祗候打正旦，三次喷水科）

（正旦唱）

【骂玉郎】这无情棍棒教我挨不的。婆婆也，须是你自做下，怨他谁？劝普天下前婚后嫁婆娘每，都看取我这般傍州例[①]。

◇◇◇◇◇◇◇◇◇◇

① 傍州例：邻近州县的判例，引申为例子、榜样。

【感皇恩】呀！是谁人唱叫扬疾[①]，不由我不魄散魂飞。恰消停，才苏醒，又昏迷。挨千般打拷，万种凌逼，一杖下，一道血，一层皮。

【采茶歌】打的我肉都飞，血淋漓，腹中冤枉有谁知！则我这小妇人毒药来从何处也？天那，怎么的覆盆不照太阳晖[②]！

（孤云）你招也不招？

（正旦云）委的[③]不是小妇人下毒药来。

（孤云）既然不是，你与我打那婆子。

（正旦忙云）住住住，休打我婆婆，情愿我招了罢，是我药死公公来。

（孤云）既然招了，着他画了伏状[④]，将枷来枷上，下在死囚牢里去。到来日判个斩字，押赴市曹典刑[⑤]。

（卜儿哭科，云）窦娥孩儿，这都是我送了你性

◇◇◇◇◇◇◇◇◇◇

① 唱叫扬疾：大声喊叫、吵吵闹闹。

② 覆盆不照太阳晖：盆翻盖时阳光照射不进去，比喻衙门的暗无天日。

③ 委的：真的。

④ 伏状：服罪的状子。

⑤ 市曹典刑：在闹市区执行死刑。

命，兀的不痛杀我也！（正旦唱）

【黄钟尾】我做了个衔冤负屈没头鬼，怎肯便放了你好色荒淫漏面[1]贼！想人心不可欺，冤枉事天地知，争到头竞到底，到如今待怎的？情愿认药杀公公，与了招罪。婆婆也，我若是不死呵，如何救得你？（随祗候押下）

（张驴儿做叩头科，云）谢青天老爷做主！明日杀了窦娥，才与小人的老子报的冤。

（卜儿哭科，云）明日市曹中杀窦娥孩儿也，兀的不痛杀我也！

（孤云）张驴儿、蔡婆婆都取保状，着随衙[2]听候。左右，打散堂鼓，将马来，回私宅去也。

（同下）

◇◇◇◇◇◇◇◇◇

① 漏面：疑即“镂面”，宋元时在犯人脸上刺字的一种刑罚。

② 随衙：到衙门候审。

第三折

（外[1]扮监斩官上，云）下官监斩官是也。今日处决犯人，着做公的把住巷口[2]，休放往来人闲走。（净扮公人鼓三通、锣三下科）（刽子磨旗[3]提刀，押正旦带枷上）

（刽子云）行动些，行动些，监斩官去法场上多时了。

（正旦唱）

【正宫端正好】没来由犯王法，不提防遭刑宪，叫声屈动地惊天！顷刻间游魂先赴森罗殿，怎不将天地也生埋怨?

【滚绣球】有日月朝暮悬，有鬼神掌着生死权。天地也，

◇◇◇◇◇◇◇◇◇

① 外：即外末，指正末以外的次要男角。

② 着：叫，使，派。做公的：做公事的，指衙门里的差役。

③ 磨旗：摇旗，挥动旗子。

只合把清浊分辨，可怎生错看了盗跖、颜渊[①]？为善的受贫穷更命短，造恶的享富贵又寿延。天地也，做得个怕硬欺软，却元来也这般顺水推船。地也，你不分好歹何为地？天也，你错勘贤愚枉做天！哎，只落得两泪涟涟。

（剑子云）快行动些，误了时辰也。

（正旦唱）

【倘秀才】则被这枷纽的我左侧右偏，人拥的我前合后偃。我窦娥向哥哥行[②]有句言。

（剑子云）你有甚么话说？

（正旦唱）前街里去心怀恨，后街里去死无冤，休推辞路远。

（剑子云）你如今到法场上面，有甚么亲眷要见的，可教他过来，见你一面也好。

◇◇◇◇◇◇◇◇◇◇

① 错看了盗跖（zhí）、颜渊：等于说好坏不分。盗跖，传说春秋时人，曾带领奴隶举行起义，被封建统治者诬为大盗，当作坏人的代表。颜渊，春秋时鲁国人，名回，孔子的学生，被誉为封建社会的贤者。

② 哥哥：当时对男子的客气称呼。行（háng）：指示处所的语气助词，一般用在人称名词后面。

（正旦唱）

【叨叨令】可怜我孤身只影无亲眷，则落得吞声忍气空嗟怨。

（刽子云）**难道你爷娘家也没的？**

（正旦云）**止有个爹爹，十三年前上朝取应去了，至今杳无音信。**（唱）**早已是十年多不睹爹爹面。**

（刽子云）**你适才要我往后街里去，是什么主意？**

（正旦唱）**怕则怕前街里被我婆婆见。**

（刽子云）**你的性命也顾不得，怕他见怎的？**

（正旦云）**俺婆婆若见我披枷带锁，赴法场餐刀[1]去呵，**（唱）**枉将他气杀也么哥，枉将他气杀也么哥[2]！告哥哥，临危好与人行方便。**

（卜儿哭上科，云）天那，兀的不是我媳妇儿！

（刽子云）婆子靠后。

（正旦云）既是俺婆婆来了，叫他来，待我嘱付他几句话咱。

◇◇◇◇◇◇◇◇◇◇

① 餐刀：即俗语所谓"吃一刀"，犹言挨刀，被杀。

② 气杀：等于说气死。也么哥：元曲中常用的句尾助词，有声无义。

（刽子云）那婆子近前来，你媳妇要嘱付你话哩。

（卜儿云）孩儿，痛杀我也！

（正旦云）婆婆，那张驴儿把毒药放在羊肚儿汤里，实指望药死了你，要霸占我为妻。不想婆婆让与他老子吃，倒把他老子药死了。我怕连累婆婆，屈招了药死公公，今日赴法场典刑。婆婆，此后遇着冬时年节，月一、十五，有瀽[①]不了的浆水饭，瀽半碗儿与我吃；烧不了的纸钱[②]，与窦娥烧一陌儿[③]。则是看你死的孩儿面上！（唱）

【快活三】念窦娥葫芦提当罪愆[④]，念窦娥身首不完全，念窦娥从前已往干家缘。婆婆也，你只看窦娥少爷无娘面。

【鲍老儿】念窦娥伏侍婆婆这几年，遇时节将碗凉浆奠；你去那受刑法尸骸上烈些纸钱，只当把你亡化的孩儿荐。

（卜儿哭科，云）**孩儿放心，这个老身都记得。天那，兀的不痛杀我也！**

◇◇◇◇◇◇◇◇◇

① 瀽（jiǎn）：倾，倒，泼。这里指浇奠酒浆。

② 纸钱：旧俗，祭祀时烧化给死人在所谓“阴间”当作钱用的纸锭之类的东西。

③ 一陌儿：一百张，泛指一叠纸钱。陌，通“佰”，古时一百钱的通称。

④ 葫芦提：当时的口语，相当于不明不白、糊里糊涂。当罪愆（qiān）：承当罪过。

（正旦唱）**婆婆也，再也不要啼啼哭哭，烦烦恼恼，怨气冲天。这都是我做窦娥的没时没运，不明不暗，负屈衔冤。**

（刽子做喝科，云）兀那婆子靠后，时辰到了也。

（正旦跪科）（刽子开枷科）

（正旦云）窦娥告监斩大人，有一事肯依窦娥，便死而无怨。

（监斩官云）你有甚么事？你说。

（正旦云）要一领净席，等我窦娥站立；又有丈二白练，挂在旗枪[①]上。若是我窦娥委实冤枉，刀过处头落，一腔热血休半点儿沾在地下，都飞在白练上者。

（监斩官云）这个就依你，打甚么不紧[②]。（刽子做取席站科，又取白练挂旗上科）

（正旦唱）

◇◇◇◇◇◇◇◇◇◇

① 旗枪：指旗杆顶尖。

② 打甚么不紧：当时俗语，意思是没有什么要紧。

【耍孩儿】不是我窦娥罚下这等无头愿[1]，委实的冤情不浅。若没些儿灵圣与世人传，也不见得湛湛青天。我不要半星热血红尘洒，都只在八尺旗枪素练悬，等他四下里皆瞧见。这就是咱苌弘化碧[2]，望帝啼鹃[3]。

（刽子云）你还有甚的说话？此时不对监斩大人说，几时说那！

（正旦再跪科，云）大人，如今是三伏[4]天道，若窦娥委实冤枉，身死之后，天降三尺瑞雪，遮掩了窦娥尸首。

（监斩官云）这等三伏天道，你便有冲天的怨气，也召不得一片雪来，可不胡说！

（正旦唱）

◇◇◇◇◇◇◇◇◇◇

① 罚下：发下，立下。无头愿：即以头颅相拼的誓愿。

② 苌（cháng）弘化碧：苌弘的血变成碧玉。《庄子·外物》："苌弘死于蜀，藏其血，三年而化为碧。"苌弘，周朝大夫，传说他冤枉被杀，他的血被藏起来，三年后竟变成美玉。碧，青绿色的美石。

③ 望帝啼鹃：古代传说，蜀王杜宇，号望帝，被逼传位给臣下，自己隐居山中，死后化为杜鹃鸟，日夜悲啼，其声凄厉。

④ 三伏：初伏、中伏、末伏的合称，是一年中最炎热的时候。

【二煞】你道是暑气暄，不是那下雪天；岂不闻飞霜六月因邹衍[①]？若果有一腔怨气喷如火，定要感的六出冰花[②]滚似绵，免着我尸骸现；要甚么素车白马[③]，断送出[④]古陌荒阡！

（正旦再跪科，云）大人，我窦娥死的委实冤枉，从今以后，着这楚州亢旱[⑤]三年！

（监斩官云）打嘴！那有这等说话！

（正旦唱）

【一煞】你道是天公不可期，人心不可怜，不知皇天也肯从人愿。做甚么三年不见甘霖[⑥]降？也只为东海曾经孝妇

◇◇◇◇◇◇◇◇◇

① 飞霜六月因邹衍：古代关于冤狱的典故。传说燕惠王时邹衍蒙冤，仰天而哭，夏五月时天降寒霜。事见《后汉书・刘瑜传》、《文选・诣建平王上书》李善注等引《淮南子》佚文。

② 六出冰花：指雪花。雪花一般为六角形，似花分出六瓣，故说“六出冰花”。

③ 素车白马：白车白马。古代用于凶丧场合，此指送葬的车马。

④ 断送出：发送到。

⑤ 亢旱：大旱。

⑥ 甘霖：甘雨，及时雨。

冤[1]。如今轮到你山阳县。这都是官吏每无心正法[2]，使百姓有口难言！

（刽子做磨旗科，云）怎么这一会儿天色阴了也？（内做风科，刽子云）好冷风也！

（正旦唱）

【煞尾】浮云为我阴，悲风为我旋，三桩儿誓愿明题遍。（做哭科，云）**婆婆也，直等待雪飞六月，亢旱三年呵，**（唱）**那其间才把你个屈死的冤魂这窦娥显。**

（刽子做开刀，正旦倒科）

（监斩官惊云）呀，真个下雪了，有这等异事！

（刽子云）我也道平日杀人，满地都是鲜血，这个窦娥的血都飞在那丈二白练上，并无半点落地，委实奇怪。

◇◇◇◇◇◇◇◇◇◇

① 东海曾经孝妇冤：古代民间传说。汉代东海郡寡妇周青，孝敬婆婆，婆婆因年老体弱，不肯连累媳妇，自缢而死，周青受人诬告害死婆婆而被判了死刑。死后，东海一带大旱三年。事见《汉书·于定国传》。

② 正法：公正执法。

（监斩官云）这死罪必有冤枉。早两桩儿应验了，不知亢旱三年的说话，准也不准？且看后来如何。左右，也不必等待雪晴，便与我抬他尸首，还了那蔡婆婆去罢。（众应科，抬尸下）

第四折

（窦天章冠带引丑[1]张千、祗从上，诗云）独立空堂思黯然，高峰月出满林烟。非关有事人难睡，自是惊魂夜不眠。老夫窦天章是也。自离了我那端云孩儿，可早十六年光景。老夫自到京师，一举及第，官拜参知政事[2]。只因老夫廉能清正，节操坚刚，谢圣恩可怜，加老夫两淮提刑肃政廉访使[3]之职，随处审囚刷卷，体察滥官污吏，容老夫先斩后奏。老夫一喜一悲：喜呵，老夫身居台省，职掌刑名，势剑金牌[4]，威权万里；悲呵，有端云孩儿，七岁上与了蔡婆婆为儿

◇◇◇◇◇◇◇◇◇◇

① 丑：角色名，一般扮演小人物或反面人物。

② 参知政事：官名。宋代参知政事为副丞相，元代行中书省亦设参知政事，从二品，位在每省丞相、平章、左右丞下。按：元杂剧中的官名，是剧作者的虚拟，如下文所谓“提刑肃政廉访使”，与实际职官建置不一定相合。

③ 提刑肃政廉访使：元代官名，元代于全国各道设提刑按察司，至元二十八年（1291）改按察为肃政廉访司，置廉访使，主管一道的司法刑狱、吏治得失等。

④ 势剑金牌：又叫“誓剑金牌”，是皇帝授予的代表最高权力的尚方剑和金质信物。元杂剧中经常提到持有势剑金牌可以先斩后奏，拥有很大的司法权。

媳妇。老夫自得官之后，使人往楚州问蔡婆婆家，他邻里街坊道，自当年蔡婆婆不知搬在那里去了，至今音信皆无。老夫为端云孩儿，啼哭的眼目昏花，忧愁的须发斑白。今日来到这淮南地面，不知这楚州为何三年不雨？老夫今在这州厅安歇。张千，说与那州中大小属官，今日免参，明日早见。（张千向古门，云）一应大小属官，今日免参，明日早见。

（窦天章云）张千，说与那六房吏典[①]，但有合刷照文卷，都将来，待老夫灯下看几宗波。（张千送文卷科）

（窦天章云）张千，你与我掌上灯。你每都辛苦了，自去歇息罢。我唤你便来，不唤你休来。（张千点灯，同祗从下）

（窦天章云）我将这文卷看几宗咱。“一起犯人窦娥，将毒药致死公公。……”我才看头一宗文卷，就与老夫同姓。这药死公公的罪名，犯在十恶不

◇◇◇◇◇◇◇◇◇◇

① 六房吏典：地方官衙的吏目。六房，指分管吏、户、礼、兵、刑、工的六个部门。

赦[1]，俺同姓之人也有不畏法度的。这是问结了的文书，不看他罢。我将这文卷压在底下，别看一宗咱。（做打呵欠科，云）不觉的一阵昏沉上来，皆因老夫年纪高大，鞍马劳困之故。待我搭伏定书案，歇息些儿咱。（做睡科。魂旦[2]上，唱）

【双调新水令】我每日哭啼啼守住望乡台，急煎煎把仇人等待，慢腾腾昏地里走，足律律旋风中来。则被这雾锁云埋，撺掇[3]的鬼魂快。

（魂旦望科，云）门神户尉[4]不放我进去。我是廉访使窦天章女孩儿，因我屈死，父亲不知，特来托一梦与他咱。（唱）

◇◇◇◇◇◇◇◇◇◇

① 十恶：指谋反、谋大逆、谋叛、恶逆、不道、大不敬、不孝、不睦、不义、内乱。十恶不赦，指犯以上任何一条，都按律究治，不得赦免。

② 魂旦：扮女鬼的角色。

③ 撺掇：催促。

④ 门神户尉：旧俗在门上贴或画着挡鬼的神像，左为门神，右为户尉，通常是秦琼和尉迟恭的画像。

【沉醉东风】我是那提刑的女孩，须不比现世的妖怪，怎不容我到灯影前，却拦截在门桯外[1]？（做叫科，云）我那爷爷呵！（唱）枉自有势剑金牌，把俺这屈死三年的腐骨骸，怎脱离无边苦海？

（做入见哭科）（窦天章亦哭科，云）端云孩儿，你在那里来？（魂旦虚下）

（窦天章做醒科，云）好是奇怪也！老夫才合眼去，梦见端云孩儿，恰便似来我跟前一般；如今在那里？我且再看这文卷咱。

（魂旦上做弄灯科）

（窦天章云）奇怪，我正要看文卷，怎生这灯忽明忽灭的？张千也睡着了，我自己剔灯咱。（做剔灯）（魂旦翻文卷科）

（窦天章云）我剔的这灯明了也，再看几宗文卷。"一起犯人窦娥，药死公公。……"（做疑怪科，云）这一宗文卷，我为头看过，压在文卷底下，怎生又在这上头？这几时问结了的，还压在底

◇◇◇◇◇◇◇◇◇◇

① 门桯（tīng）：门槛。门桯外，即指门外。

下，我别看一宗文卷波。（魂旦再弄灯科）
（窦天章云）怎么这灯又是半明半暗的？我再剔这灯咱。（做剔灯）（魂旦再翻文卷科）
（窦天章云）我剔的这灯明了，我另拿一宗文卷看咱。"一起犯人窦娥，药死公公。……"呸！好是奇怪！我才将这文书分明压在底下，刚剔了这灯，怎生又翻在面上？莫不是楚州后厅里有鬼么？便无鬼呵，这桩事必有冤枉。将这文卷再压在底下，待我另看一宗如何？
（魂旦又弄灯科。窦天章云）怎生这灯又不明了？敢有鬼弄这灯？我再剔一剔去。（做剔灯科）
（魂旦上，做撞见科）
（窦天章举剑击桌科，云）呸！我说有鬼！兀那鬼魂，老夫是朝廷钦差带牌走马肃政廉访使，你向前来，一剑挥之两段。张千，亏你也睡的着，快起来，有鬼有鬼。兀的不吓杀老夫也！
（魂旦唱）

【乔牌儿】则见他疑心儿胡乱猜，听了我这哭声儿转惊骇。哎，你个窦天章直恁的威风大，且受你孩儿窦娥这一拜。

（窦天章云）兀那鬼魂，你道窦天章是你父亲，“受你孩儿窦娥拜”，你敢错认了也？我的女儿叫做端云，七岁上与了蔡婆婆为儿媳妇。你是窦娥，名字差了，怎生是我女孩儿？

（魂旦云）父亲，你将我与了蔡婆婆家，改名做窦娥了也。

（窦天章云）你便是端云孩儿？我不问你别的，这药死公公是你不是？

（魂旦云）是你孩儿来。

（窦天章云）噤声！你这小妮子，老夫为你啼哭的眼也花了，忧愁的头也白了，你刬地犯下十恶大罪，受了典刑！我今日官居台省，职掌刑名，来此两淮审囚刷卷，体察滥官污吏。你是我亲生之女，老夫将你治不的，怎治他人？我当初将你嫁与他家呵，要你三从四德：三从者，在家从父、出嫁从夫、夫死从子；四德者，事公姑、敬夫主、和妯娌、睦街坊。今三从四德全无，刬地犯了十恶大罪。我窦家三辈无犯法之男，五世无再婚之女；到今日被你辱没祖宗世德，又连累我的清名。你快与我细吐真情，不要虚言支对。若说的有半厘差错，牒发[1]你城隍祠内，着你永世不得人身，罚在阴山永为饿鬼。

（魂旦云）父亲停嗔息怒，暂罢狼虎之威，听你孩儿慢慢的说一遍咱。我三岁上亡了母亲，七岁上离了父亲，你将我送与蔡婆婆做儿媳妇。至十七岁与夫配合，才得两年，不幸儿夫亡化，和俺婆婆守寡。这山阳县南门外有个赛卢医，他少俺婆婆二十两银子。俺婆婆去取讨，被他赚到郊外，要将婆婆勒死；不想撞见张驴儿父子两个，救了俺婆婆性命。那张驴儿知道我家有个守寡的媳妇，便道："你婆儿、媳妇既无丈夫，不若招我父子两个。"俺婆婆初也不肯，那张驴儿道："你若不肯，我依旧勒死你。"俺婆婆惧怕，不得已含糊许了。只得将他父子两个领到家中，养他过世。有张驴儿数次调戏你女孩儿，我坚执不从。那一日俺婆婆身子不快，想羊肚儿汤吃，你孩儿安排了汤。适值张驴儿父子两个问病，道："将汤来我尝一尝。"说："汤便好，只

◇◇◇◇◇◇◇◇◇◇

① 牒发：用公文递解、押送。

少些盐醋。”赚的我去取盐醋，他就暗地里下了毒药。实指望药杀俺婆婆，要强逼我成亲。不想俺婆婆偶然发呕，不要汤吃，却让与老张吃，随即七窍流血药死了。张驴儿便道：“窦娥药死了俺老子，你要官休，要私休？”我便道：“怎生是官休，怎生是私休？”他道：“要官休，告到官司，你与俺老子偿命；若私休，你便与我做老婆。”你孩儿便道：“好马不鞴双鞍，烈女不更二夫。我至死不与你做媳妇，我情愿和你见官去。”他将你孩儿拖到官中，受尽三推六问，吊拷绷扒[1]，便打死孩儿，也不肯认。怎当州官见你孩儿不认，便要拷打俺婆婆；我怕婆婆年老，受刑不起，只得屈认了。因此押赴法场，将我典刑。你孩儿对天发下三桩誓愿：第一桩，要丈二白练挂在旗枪上，若系冤枉，刀过头落，一腔热血休滴在地下，都飞在白练上；第二桩，现今三伏天道，下三尺瑞雪，遮掩你孩儿尸首；第三桩，着他楚州大旱三年。果然血飞上白练，六月下雪，

◇◇◇◇◇◇◇◇◇◇

① 吊拷绷扒：即“绷扒吊拷”，意思是用绳捆紧，吊起拷打。吊拷，把人吊起来拷打。绷扒，剥去衣服用绳子捆起来。

三年不雨，都是为你孩儿来。（诗云）不告官司只告天，心中怨气口难言。防他老母遭刑宪，情愿无辞认罪愆。三尺琼花骸骨掩，一腔鲜血练旗悬。岂独霜飞邹衍屈，今朝方表窦娥冤。（唱）

【雁儿落】你看这文卷曾道来不道来[1]，则我这冤枉要忍耐如何耐？我不肯顺他人，倒着我赴法场；我不肯辱祖上，倒把我残生坏。

【得胜令】呀，今日个搭伏定摄魂台[2]，一灵儿怨哀哀。父亲也，你现掌着刑名事，亲蒙圣主差。端详这文册，那厮乱纲常当合败。便万剐了乔才[3]，还道报冤仇不畅怀。

（窦天章做泣科，云）哎！我那屈死的儿，则被你痛杀我也！我且问你：这楚州三年不雨，可真个是为你来？

（魂旦云）是为你孩儿来。

（窦天章云）有这等事！到来朝我与你做主。（诗

◇◇◇◇◇◇◇◇◇

① 曾道来不道来：说过还是没说过。

② 摄魂台：传说东岳大帝所管辖的拘管鬼魂的地方。

③ 乔才：坏家伙。

云）白头亲苦痛哀哉，屈杀了你个青春女孩。只恐怕天明了，你且回去，到来日我将文卷改正明白。（魂旦暂下）

（窦天章云）呀，天色明了也。张千，我昨日看几宗文卷，中间有一鬼魂来诉冤枉。我唤你好几次，你再也不应，直恁的好睡那。

（张千云）我小人两个鼻子孔一夜不曾闭，并不听见女鬼诉什么冤状，也不曾听见相公呼唤。

（窦天章做叱科，云）嗯！今早升厅坐衙，张千，喝撺厢者。

（张千做幺喝科，云）在衙人马平安！抬书案！

（禀云）州官见。

（外扮州官入参科）

（张千云）该房吏典见。

（丑扮吏入参见科）

（窦天章问云）你这楚州一郡，三年不雨，是为着何来？

（州官云）这个是天道亢旱，楚州百姓之灾，小官等不知其罪。

（窦天章做怒，云）你等不知罪么！那山阳县有用毒药谋死公公犯妇窦娥，他问斩之时曾发愿道："若是果有冤枉，着你楚州三年不雨，寸草不生。"可有这件事来？

（州官云）这罪是前升任桃州守问成的，现有文卷。

（窦天章云）这等糊涂的官也着他升去！你是继他任的，三年之中可曾祭这冤妇么？

（州官云）此犯系十恶大罪，元不曾有祠，所以不曾祭得。

（窦天章云）昔日汉朝有一孝妇守寡，其姑自缢身死，其姑女告孝妇杀姑，东海太守将孝妇斩了。只为一妇含冤，致令三年不雨。后于公治狱，仿佛见孝妇抱卷哭于厅前。于公将文卷改正，亲祭孝妇之墓，天乃大雨。今日你楚州大旱，岂不正与此事相类？张千，分付该房签牌下山阳县，着拘张驴儿、赛卢医、蔡婆婆一起人犯，火速解审，毋得违误片刻者。

（张千云）理会得。（下）

（丑扮解子[1]押张驴儿、蔡婆婆同张千上，禀云）

① 解子：押解犯人的公差。

山阳县解到审犯听点。

（窦天章云）张驴儿。

（张驴儿云）有。

（窦天章云）蔡婆婆。

（蔡婆婆云）有。

（窦天章云）怎么赛卢医是紧要人犯不到？

（解子云）赛卢医三年前在逃，一面着广捕批缉拿去了，待获日解审。

（窦天章云）张驴儿，那蔡婆婆是你后母么？

（张驴儿云）母亲好冒认的？委实是。

（窦天章云）这药死你父亲的毒药，卷上不见有合药的人，是那个的毒药？

（张驴儿云）是窦娥自合就的毒药。

（窦天章云）这毒药必有一个卖药的医铺。想窦娥是个少年寡妇，那里讨这药来。张驴儿，敢是你合的毒药么？

（张驴儿云）若是小人合的毒药，不药别人，倒药死自家老子？

（窦天章云）我那屈死的儿嚛，这一节是紧要公案，你不自来折辩，怎得一个明白？你如今冤魂却在那里？

（魂旦上，云）张驴儿，这药不是你合的，是那个合的？

（张驴儿做怕科，云）有鬼有鬼，撮盐入水。太上老君，急急如律令，敕[①]。

（魂旦云）张驴儿，你当日下毒药在羊肚儿汤里，本意药死俺婆婆，要逼勒我做浑家。不想俺婆婆不吃，让与你父亲吃，被药死了。你今日还敢赖哩！（唱）

【川拨棹】猛见了你这吃敲材[②]，我只问你这毒药从何处来？你本意待暗里栽排，要逼勒我和谐，倒把你亲爷毒害，怎教咱替你耽罪责！

（魂旦做打张驴儿科）（张驴儿做避科，云）太上老君，急急如律令，敕。大人说这毒药必有个卖毒药的医铺，若寻得这卖药的人来和小人折

◇◇◇◇◇◇◇◇◇

① “有鬼有鬼”四句：这是模仿道士用咒语驱鬼的动作和声口。太上老君，传说中道家的老祖宗，即老子。

② 吃敲材：咒骂人的话，犹如说该死的家伙。当时称杖杀作敲。

对[1]，死也无词。

（丑扮解子解赛卢医上，云）山阳县续解到犯人一名赛卢医。

（张千喝云）当面。

（窦天章云）你三年前要勒死蔡婆婆，赖他银子，这事怎么说?

（赛卢医叩头科，云）小的要赖蔡婆婆银子的情是有的，当被两个汉子救了，那婆婆并不曾死。

（窦天章云）这两个汉子你认的他叫做什么名姓?

（赛卢医云）小的认便认的，慌忙之际可不曾问的他名姓。

（窦天章云）现有一个在阶下，你去认来。

（赛卢医做下认科，云）这个是蔡婆婆。（指张驴儿云）想必这毒药事发了。（上云）是这一个。容小的诉禀：当日要勒死蔡婆婆时，正遇见他爷儿两个救了那婆婆去。过得几日，他到小的铺中讨服毒药。小的是念佛吃斋的人，不敢做昧心的事，说道："铺中只有官料药[2]，并无什么毒药。"

◇◇◇◇◇◇◇◇◇◇

① 折对：对证。

② 官料药：经官府审查认为合格，可以合法经售的药物。

他就睁着眼道：“你昨日在郊外要勒死蔡婆婆，我拖你见官去。”小的一生最怕的是见官，只得将一服毒药与了他去。小的见他生相是个恶的，一定拿这药去药死了人，久后败露，必然连累。小的一向逃在涿州地方，卖些老鼠药。刚刚是老鼠被药杀了好几个，药死人的药，其实再也不曾合。

（魂旦唱）

【七弟兄】你只为赖财，放乖，要当灾。（带云）**这毒药呵，**（唱）**原来是你赛卢医出卖张驴儿买，没来由填做我犯由牌**[1]**，到今日官去衙门在。**

（窦天章云）带那蔡婆婆上来。我看你也六十外人了，家中又是有钱钞的，如何又嫁了老张，做出这等事来？

（蔡婆婆云）老妇人因为他爷儿两个救了我的性命，收留他在家养膳过世；那张驴儿常说要将他

◇◇◇◇◇◇◇◇◇

① 犯由牌：公布犯人罪状的木牌。

老子接脚进来，老妇人并不曾许他。

（窦天章云）这等说，你那媳妇就不该认做药死公公了。

（魂旦云）当日问官要打俺婆婆，我怕他年老受刑不起，因此咱认做药死公公，委实是屈招个！

（唱）

【梅花酒】你道是咱不该，这招状供写的明白。本一点孝顺的心怀，倒做了惹祸的胚胎。我只道官吏每还覆勘，怎将咱屈斩首在长街！第一要素旗枪鲜血洒，第二要三尺雪将死尸埋，第三要三年旱示天灾：咱誓愿委实大。

【收江南】呀，这的是衙门从古向南开，就中无个不冤哉！痛杀我娇姿弱体闭泉台[1]**，早三年以外，则落的悠悠流恨似长淮**[2]**。**

（窦天章云）端云儿也，你这冤枉我已尽知，你且回去。待我将这一起人犯并原问官吏另行定

◇◇◇◇◇◇◇◇◇◇

① 泉台：犹言泉下、泉壤，指埋葬死人的墓穴。

② 长淮：长江、淮河。

非，改日做个水陆道场[1]超度你生天便了。

（魂旦拜科，唱）

【鸳鸯煞尾】从今后把金牌势剑从头摆，将滥官污吏都杀坏，与天子分忧，万民除害。（云）**我可忘了一件，爹爹，俺婆婆年纪高大，无人侍养，你可收恤家中，替你孩儿尽养生送死之礼，我便九泉之下，可也瞑目。**

（窦天章云）**好孝顺的儿也！**

（魂旦唱）**嘱付你爹爹，收养我奶奶。可怜他无妇无儿，谁管顾年衰迈！再将那文卷舒开，**（带云）**爹爹也，把我窦娥名下**（唱）**屈死的招伏罪名儿改。**（下）

（窦天章云）唤那蔡婆婆上来。你可认的我么？

（蔡婆婆云）老妇人眼花了，不认的。

（窦天章云）我便是窦天章。适才的鬼魂，便是我屈死的女孩儿端云。你这一行人听我下断：张驴儿毒杀亲爷，谋占寡妇，合拟凌迟[2]，押付市

◇◇◇◇◇◇◇◇◇

① 水陆道场：佛教迷信，设斋诵经礼忏、超度死人的仪式。

② 凌迟：古时酷刑之一，一刀一刀地剐，使其受尽痛苦而死。

曹中钉上木驴[1]，剐一百二十刀处死。升任州守桃杌并该房吏典，刑名违错，各杖一百，永不叙用。赛卢医不合赖钱，勒死平民；又不合修合毒药，致伤人命，发烟障地面[2]，永远充军。蔡婆婆我家收养。窦娥罪改正明白。（词云）莫道我念亡女与他灭罪消愆，也只可怜见楚州郡大旱三年。昔于公曾表白东海孝妇，果然是感召得灵雨如泉。岂可便推诿道天灾代有，竟不想人之意感应通天。今日个将文卷重行改正，方显得王家法不使民冤。

题目　秉鉴持衡廉访法

正名[3]　感天动地窦娥冤

◇◇◇◇◇◇◇◇◇◇

① 木驴：一种木制残酷刑具。

② 烟障地面：边远地区瘴气弥漫的地方，是犯人充军处所。烟障，即烟瘴。

③ 题目、正名：戏曲名词。元杂剧末尾用四句或两句概括全剧中心内容，用末句作为剧名。这种格式，叫题目、正名。

译　文

楔　子

（蔡婆婆上）

蔡婆婆　（念）花有重开日，人无再少年。不须长富贵，安乐是神仙。

（云）我是蔡婆婆，楚州人。家里就嫡亲的三口儿。不幸丈夫已经去世，只有一个孩儿，年方八岁。俺娘儿两个，过着日子。家里颇有钱财。这里有个窦秀才，从去年向我借了二十两银子，到现在连本带利该还银四十两。我多次索讨，那窦秀才只说贫困艰难，不能还我。他有一个女儿，今年七岁，生得可喜，长得可爱。我有心看中她，给我家做个媳妇，就抵了这四十两银子，岂不是两得其便？他说今天是好日子，亲自送女儿到我家来。我先不外出讨钱，专在家里等候。这个时候窦秀才大约应该来了。

（窦天章带端云上）

窦天章　（念）读尽缥缃万卷书，可怜贫杀马相如。汉庭一日承恩召，不说当垆说《子虚》。

（云）我姓窦，名天章，原籍长安京兆。从小学习儒业，学成满腹文章。怎奈时运不济，功名未成。不幸妻子已经去世，撇下这个女孩儿，小名端云。从三岁时死了母亲，这孩子现在七岁了。我一贫如洗，流落在这楚州居住。这里有个蔡婆婆，很有钱财。我因缺钱，曾向她借了二十两银子，到现在连本带利应该归还她四十两。她多次向我索讨，叫我拿什么还她？谁想蔡婆婆屡次叫人来说，要我女孩儿做她的儿媳妇。况且现在考进士的春榜动，试场开，正想进京应考，又苦于缺少路费。我出于无奈，只得把女孩儿端云送去给蔡婆婆做儿媳妇。（叹息）唉！这哪里是做媳妇？明明是卖给她一样！就抵了原先借她的四十两银子，要是另外再给点儿钱物，够我应考的花费，就已经是过望了。

蔡婆婆　（上场，云）秀才，请家里坐。我等候好久了。

（窦天章作与蔡婆婆相见状）

窦天章 （云）我今天专程把女孩儿给婆婆送来，怎敢说是做媳妇？只给婆婆早晚差用。我现在就要进京去取功名，留下女孩儿在这里，只望婆婆照看。

蔡婆婆 （云）这么说，你就是我的亲家了。你本利共欠我四十两银子，这是借钱的借据，还给你。再送你十两银子做路费。亲家，你别嫌少。

窦天章 （相谢，云）多谢婆婆了。原先欠你那么多银子，都不要我还了；现在又送我路费，这恩情他日一定重重报答。婆婆，这女孩儿平时无知，你就看在我的薄面上，照看她吧。

蔡婆婆 （云）亲家，这不用你吩咐。令爱到我家，就当亲生女儿一样看待她。你只管放心去吧。

窦天章 （云）婆婆，端云孩儿该打呵，看在我的面上，只骂几句；当骂呵，只责备几句。孩儿，你也不比在我跟前，我是你的亲爹，迁就着你。你现在在这里，平时要是顽皮呵，你就只讨那打骂吃。儿啊，我也是出于无

奈。（悲戚地唱）

我也只为无计谋生四壁空，

所以才忍痛让亲孩儿在两处分。

从今日远行去踏洛阳尘，

又不知归期定准，

只落得无语黯销魂。（下）

蔡婆婆　（云）窦秀才留下他这女孩儿给我做媳妇，他专程进京应考去了。

端　云　（悲戚地叫道）爹爹，你怎忍心抛下你孩儿去了啊！

蔡婆婆　（云）媳妇儿，你在我家，我是亲婆婆，你是亲媳妇，就当自己骨肉一样。你不要哭，跟我前前后后去照料来着。

（同下）

第一折

（赛卢医上）

赛卢医　（念）行医有斟酌，

下药依《本草》。

死的医不活，

活的医死了。

（云）我姓卢，人说我一手好医术，都叫我赛卢医。在这山阳县南门开了个生药铺。本城有个蔡婆婆，我向她借了十两银子，连本带利应该还她二十两。多次来讨这银子，我又没钱还她。要是不来就罢了；要是来呵，我自有个主意。我暂且在这药铺中坐着，看有什么人来。

（蔡婆婆上）

蔡婆婆　（云）我是蔡婆婆，搬在这山阳县居住有一段时间了，倒也清静。自从十三年前，窦天章秀才留下端云孩儿给我做儿媳妇，改了她的小名，叫作窦娥。成亲之后，不到两年，谁想我那儿子得弱症死了。媳妇儿守寡，又已有三个年头，服孝也快结束了。我对媳妇儿说，我到城外赛卢医家讨钱去了。（行路）跨过墙头，转过屋角，已经来到他家门口。赛卢医在家吗？

赛卢医　（云）婆婆，屋里坐。

蔡婆婆　（云）我这两个银子也借得够久的了，你还了我吧。

赛卢医　（云）婆婆，我家里没银子，你跟我到庄上去，取了银子就还你。

蔡婆婆　（云）我跟你去。

（两人一同行路）

赛卢医　（云）来到这里，东也没人，西也没人，这里不下手，还等什么？我随身带着绳子。那婆婆，哪个在叫你哩？

蔡婆婆　（云）在哪里？

（赛卢医乘势用绳子勒住蔡婆婆脖子。张父、张驴儿冲上。赛卢医慌忙逃走。张父救醒蔡婆婆）

张驴儿　（云）爹，是个婆婆，差点儿给勒死了。

张　父　（云）那婆婆，你是哪里人？叫什么名字？

为什么这个人要勒死你？

蔡婆婆　（云）我姓蔡，是本城人。只有一个媳妇儿相守过日子。因为赛卢医欠我二十两银子，今天向他讨取。谁知他骗我到没人的地方，想勒死我，赖了这银子。要不是遇着您老和这小哥呵，哪里还有我的性命。

张驴儿　（云）爹，你听见她说的吗？她家里还有一个媳妇儿哩！救了她性命，她少不了要谢我们。不如你要了这婆子，我要了她媳妇儿，岂不是两下方便。你跟她说去。

张　父　（云）那婆婆，你没丈夫，我没老婆，你给我做个老婆，觉得怎么样？

蔡婆婆　（云）这是什么话！等我回家，多给些钱钞相谢。

张驴儿　（云）你大概是不肯，故意拿钱钞来哄我们吧？好，赛卢医的绳子还在，我仍旧勒死了你。（拾起绳子相威胁）

蔡婆婆　（云）小哥哥，让我慢慢想一想。

张驴儿　（云）还用想什么？你跟我老子，我就要了你媳妇儿。

蔡婆婆　（背云）我不依他，他就勒死我。罢罢罢，你爷儿两个且随我到家里去吧。

（同下。窦娥上）

窦　娥　（云）我姓窦，小名端云，祖居楚州。我三岁死了母亲，七岁离开父亲。俺父亲把我嫁给蔡婆婆做儿媳妇，改名窦娥，到十七岁时跟丈夫成亲。不幸丈夫去世，又已三年左右。我现在二十岁了。这南门外有个赛卢医，他欠俺婆婆银子，本利该是二十两，几次讨取不还，今天俺婆婆亲自索讨去了。（叹息）窦娥呀，你的命好苦呵！

（唱）满腹闲愁，几年忍受，

天知否？

天要是知道我的原由，

岂不是连天也消瘦！

只问那黄昏和白昼，

两样儿忘餐废寝何时休？

算来是昨宵梦里，

连着今天心头。

催人泪的是花枝烂漫横绣阁，

断人肠的是滴溜圆月色挂妆楼。

常只是急切切按耐不住心中焦躁，
闷沉沉舒展不开眉头紧皱。
愈觉得情怀缭乱，愁绪悠悠。
（云）像这样的忧愁，不知道何时才能了结呵！
（唱）莫不是命里注定着一世忧，
谁像我身单影只无尽头！
要知道人心不似水长流！
我从三岁母亲去世后，
到七岁已与父亲离别久。
嫁得一个同住人，
他却又抽着了短命的算筹。
撇下俺婆媳俩都把空房守，
真是有谁问，又有谁瞅？

莫非是前世里烧香祈福不到头，
今生呵才招来祸害怨尤？
劝今人早把来世修。
我把婆婆侍候，
我把这孝节坚守，
我说过的话决不反悔改口。
（云）婆婆讨钱去了，怎么这时候还没有回来？

（蔡婆婆同张父、张驴儿上）

蔡婆婆　（云）你爷儿两个暂且在门口等着，让我先进去。

张驴儿　奶奶，你先进去，就说女婿在门口哩。

（蔡婆婆进门与窦娥相见）

窦　娥　（云）奶奶回来了。你吃饭么？

蔡婆婆　（呜咽地，云）孩儿啊，你叫我怎么说呵！

窦　娥　（唱）为什么眼泪止不住地流？

莫不是为讨债与人发生争斗？

我这里连忙迎接问候，

她那里应说缘由。

蔡婆婆　（云）怪叫人害臊的，叫我怎么说呵！

窦　娥　（唱）只见她一半儿犹豫一半儿含羞。

（云）婆婆，你为什么烦恼哭泣哪？

蔡婆婆　（云）我去向赛卢医讨银子，他骗我到没人的地方，行起凶来，要勒死我。多亏一个张老头和他儿子张驴儿，救了我的性命。那张老头就要我招他做丈夫，所以才这样烦恼。

窦　娥　（云）婆婆，这恐怕使不得吧？你再想一想，俺家里又不是没饭吃，没衣穿，也不是缺钱欠债，被人催逼得没办法。再说你年事已咼，都六十开外的人了，怎么还招丈夫哪？

蔡婆婆　（云）孩儿呀，你说的可不是！只是我的性命全亏他爷儿两个相救，我也说过：等我回到家里，多拿些钱物，酬谢你们的救命之恩。不知他怎么知道我家里有个媳妇儿，说是我们婆媳俩又没老公，他们爷儿俩也没有老婆，正是天生成对。要是不顺从他们，依旧要把我勒死。那时候我就慌了，别说自己许了他，连你也许了他。儿呀，这也是因为没法子哪。

窦　娥　（云）婆婆，你听我说啊。

（唱）逢良辰我替你忧，

拜天地我替你愁；

梳着一个霜雪般的白头髻，

怎戴那绣金的锦盖头？

怪不得“女大不中留”！

你现在已经六旬左右，

岂不知“人到中年万事休”！

旧恩爱一笔勾销，

新夫妻两意相投——

白白叫人笑破口。

蔡婆婆　（云）我的性命都是他爷儿两个救的，事到如今，也顾不得别人笑话了。

窦　娥　（唱）你虽然是得他、得他营救，
却不是嫩笋、嫩笋一样年轻，
怎么还巧画蛾眉成配偶？
想当初你夫主遗嘱，
替你考虑安排购置地产田亩，
早晚羹粥全有，
寒暑不缺衣裘，
满指望你母子孤寡，
无依无靠，
也能够安然活到那头白时候。
公公啊，
你只落得一个白辛苦！

蔡婆婆　（云）孩儿呀，他现在只等着过门，正喜事匆匆的，叫我怎么去回复他？

窦　娥　（唱）你说他匆匆地喜，
我倒替你细细地愁：
愁只愁兴致索然咽不下交欢酒，
愁只愁眼色昏花扭不上同心扣，
愁只愁意绪迷蒙睡不稳芙蓉被褥。

你等着笙歌引到画堂前，

我说是这姻缘恐怕已经落在他人后。

蔡婆婆 （云）孩儿哪，不要再数落我了。他爷儿俩都在门口等候，事已到此，不如连你也招了夫婿吧。

窦　娥 （云）婆婆，你要招你自己招，我坚决不招夫婿。

蔡婆婆 （云）哪个是想要夫婿的！谁料他爷儿俩自己找上门来，叫我怎么好？

张驴儿 （云）我们今天招过门去啦。帽儿光光，今日做个新郎；袖儿窄窄，今天做个娇客。好女婿，好女婿。不枉了，不枉了。

（张驴儿与张父一同进门致礼，窦娥不理）

窦　娥 （云）这家伙，靠后！

（唱）我想这女人们别相信那男儿口。

婆婆呀，

难道你没那份儿贞心自个儿守，

到今天还招了个蠢老头，

领着一个半死囚。

张驴儿 （做怪脸，云）你看我爷儿俩这般身材，满可以做个夫婿了。你不要错过了好时辰，我和你早点儿拜堂吧。

窦　娥　（不理。唱）

只被你坑杀人呵燕侣莺偶。

婆婆呀，你怎不知羞！

俺公公闯北走南，过府冲州，

挣下这殷实的家产样样有。

想到俺公公挣下的产业，

怎能忍心叫张驴儿享受？

（张驴儿扯窦娥同拜天地）

窦　娥　（把张驴儿推倒在地。唱）

这就是俺没丈夫妇女的下梢头！

（下）

蔡婆婆　（云）您老人家别烦躁。难道您有活命之恩，我却不想着报答您？只是我那媳妇的脾气最不好惹，既然她不肯招赘您的儿子，我怎好招赘您老人家？我现在拼着好酒好饭供养您爷俩在家，让我再慢慢地劝说俺媳妇儿。等她有个回心转意，再作商量。

张驴儿　（云）这贱骨头，就是黄花闺女，勉强扯了一把，也用不着这样使性子，没来由地推我跌一跤，我怎能罢休！就当面发一个誓给你：我今生今世不娶她做老婆，我就算不得好男人！

（念词）美妇人我见过万千以外，不像这小妮子生得十分泼辣；我救了你婆婆性命，让她死里重生，你怎不肯割舍肉身把我奉陪？

（同下）

第二折

（赛卢医上）

赛卢医 （念诗）小人太医出身，也不知道医死多少人命。何尝怕人告发，关过一日店门？本城有个蔡家婆子，才少她二十两花银，屡次亲来索取，差点儿催断脊筋。也是我一时智短，把她骗到荒村，撞见两个不识姓名男子，一声嚷道："浪荡乾坤，怎敢行凶撒泼，擅自勒死平民！"吓得我丢了绳索，放开脚步飞奔。虽然一夜无事，终觉失魄落魂。方知人命关天关地，怎能看作壁上灰尘？从今改过行业，愿得灭罪修福。给以前医死的性命，一个个都送他一卷超度的经文。

（云）我就是赛卢医。只因想赖蔡婆婆二十两银子，骗她到荒僻地方，正要勒死她，谁想遇见两个汉子，把她救了去。要是她再来讨债，叫我怎么见她？常言说得好："三十六计，走为上计。"幸亏我是孤身一人，又没有家小牵累，不如收拾了细软和行李，打个包儿，悄悄地躲到别处，另找活计做，岂不干净？

（张驴儿上）

张驴儿　（云）我是张驴儿。可恨那窦娥怎么也不肯顺从我。现在那老婆子生了病，我买一帖毒药给她吃了，毒死那老婆子，这小妮子好歹得做我的老婆。

（行路）且慢。城里人耳目广、口舌多，要是看见我买毒药，岂不是嚷出事来？我前天看见南门外有个药铺，这地方冷清，正好买药。（行路。高叫）太医哥哥，我是来买药的。

赛卢医　（云）你买什么药？

张驴儿　（云）我买一帖毒药。

赛卢医　（云）谁敢配制毒药给你？这家伙好大的胆子！

张驴儿　（云）你真的不肯给我药？

赛卢医　（云）我不给你，你能把我怎么样？

张驴儿　（拖住赛卢医，云）好哇！前天谋杀蔡婆婆的，不就是你吗？你以为我不认得你哩，我拖你见官去。

赛卢医　（惊慌地云）大哥，你放了我。有药，有药。

（给药）

张驴儿 （云）既然有了药，就饶了你吧。这叫作“得放手时须放手，得饶人处且饶人”。（下）

赛卢医 （云）真是晦气！刚才来讨药的这人，就是救那婆子的人。我今天给了他这帖毒药，以后闹出事来，愈加要连累我。不如趁早关了药铺，到涿州卖老鼠药去。（下）

（蔡婆婆上，因病趴在矮桌上。张父与张驴儿上）

张　父 （云）老汉我自从来到蔡婆婆家，本指望做个接脚女婿，可是她媳妇却坚决不肯。那婆婆一直收留俺爷俩同住，只说好事多磨，等慢慢地劝转她媳妇，谁想那婆婆又生起病来。孩儿，你算过咱俩的命没有？红鸾天喜的命运什么时候才能到来呀？

张驴儿 （云）哪里要看什么天喜命到不到！只凭本事，做得到的，就自己去做。

张　父 （云）孩儿啊，蔡婆婆生病有好几天了，我和你去看看她吧。

（与蔡婆婆相见，问病云）婆婆，你今天身子怎么样？

蔡婆婆　（云）我身子很不舒服呢。

张　父　（云）你可想吃点儿什么？

蔡婆婆　（云）我想要喝点儿羊肚儿汤。

张　父　（云）孩儿，你对窦娥说，做点羊肚儿汤给婆婆喝。

张驴儿　（向后台入口处喊道）窦娥，婆婆想喝羊肚儿汤，快做了端来。

（窦娥端汤上）

窦　娥　（云）我是窦娥。俺婆婆身子不舒服，想喝羊肚汤，我亲自做了给婆婆送去。婆婆呀，我们这样的寡妇人家，凡事都要避些嫌疑，怎么能收留那张驴儿父子两个？非亲非眷的，一家子同住，岂不惹人闲话？婆婆呀，你不要背地里答应了他的亲事，连累我也不清不白的。我想这女人的心真难保呵！

（唱）她只想一生在鸳鸯帐里眠，

哪里肯半夜在空房中睡；

她本是张郎妇，

却又做了李郎妻。

有一种女人凑在一起，

并不谈论持家之计，

只打听些闲是闲非。
说一会不明白打凤的机关，
弄了些出花头使男人中计的见识。

这一个如卓文君似的当垆涤器，
这一个如孟光似的举案齐眉，
说起来藏头盖脚多伶俐！
讲起来难明了，
做出来才得知。
旧恩已忘却，
新爱正相宜。
坟头上土脉犹湿，
架儿上又换新衣。
哪里有孟姜女送寒衣，
奔丧处哭倒长城？
哪里有浣纱女表心意，
为伍子胥甘投江水？
哪里有望夫山盼夫归，
上山来化作了望夫石？
可悲！可耻！
妇人家竟这样没仁义，

多淫奔，少志气。

亏得有前人做榜样在那里，

再别说“百步相随，尚有徘徊意”。

（云）婆婆，羊肚儿汤做好了，你喝点儿吧。

张驴儿 （云）让我来拿。（接过，品尝，云）这里面少了点盐醋，你去拿来。

（窦娥下。张驴儿放药。窦娥上）

窦　娥 （云）这不是盐醋？

张驴儿 （云）你倒上一点儿。

窦　娥 （唱）你说是少盐欠醋没滋味，

加料添椒才鲜美。

只望娘亲早痊愈，

饮下羹汤一杯，

胜过甘露灌体，

得一个身子平安，

就让人欢天喜地。

张　父 （云）孩儿，羊肚汤做好了没有？

张驴儿 （云）汤做好了。你端过去。

张　父 （端汤，云）婆婆，你喝点儿汤。

蔡婆婆 （云）有劳您了。（呕吐，云）我现在想呕吐，不想喝汤。您老人家喝吧。

张　父　　（云）这汤特意做来给你喝的，即使不想喝，也尝一口吧。

蔡婆婆　　（云）我不喝了，您老人家请喝。

（张父喝汤）

窦　娥　　（唱）一个说您请吃，

一个说婆先吃，

这话语听着也难受，

叫我怎能不生气！

想他家与咱家有什么亲和戚？

怎不记往日夫妻情意，

也曾有过百纵千随恩爱时？

婆婆呀，

你莫非真以为黄金浮世宝，

白发故人稀，

所以才使旧恩情，

全比不上新相知？

只想要百年同墓穴，

哪里肯千里送寒衣？

张　父　　（云）我喝了这汤，怎么觉得昏昏沉沉的了？（倒地）

蔡婆婆　　（惊慌地云）您老人家打起精神，您可要撑住呀。（哭，云）这不是死了吗！

窦　娥　（唱）空悲切，没法子，

人生死，是轮回。

受了这样的病疾，

逢着这样的时势，

究竟是风寒暑湿，

还有那饥饿劳役，

各人症状各自知。

人命关天关地，

别人怎能代替？

寿数前世已定，

夭殇不关今世。

才相守了三朝五夕，

说什么一家一计。

既没有羊酒缎匹来定亲，

又没有花红财物作聘礼；

携手凑合过日子，

撒手归天同离异。

不是我窦娥忤逆，

也只怕别人闲论议。

不如听咱来劝你，

就认了个自家晦气。

舍得花一口棺材安置，

费几件衣服收殓，

出了咱家门庭，

送入他家坟地。

又不是你从小儿结发的夫妻，

非亲非戚，

其实我没半点儿伤心泪滴。

用不着心如醉、意似痴，

这样哀哀怨怨、哭哭啼啼。

张驴儿 （云）好哇！你把俺老子给毒死了，我岂能善罢甘休！

蔡婆婆 （云）孩儿，这事可怎么了结啊？

窦　娥 （云）我哪里有什么毒药？都是他要盐醋时，自己倒进汤里的。

（唱）这家伙挑唆俺婆婆收留你，

自己毒死亲爹，

却想吓唬谁？

张驴儿 （云）我家老子，反倒说是我做儿子的毒死，谁也不信。（高叫）左邻右舍听着，窦娥毒死我家老子啦！

蔡婆婆　（云）罢罢。你不要这样大呼小叫的，吓死我了。

张驴儿　（云）你怕么？

蔡婆婆　（云）当然怕哩。

张驴儿　（云）你想要讨饶么？

蔡婆婆　（云）当然想讨饶哩。

张驴儿　（云）你叫窦娥顺从我，叫我三声嫡嫡亲亲的丈夫，我就饶了她。

蔡婆婆　（云）孩儿呀，你就依了他吧。

窦　娥　（云）婆婆，你怎么说这种话！

（唱）我一马难把两鞍配！

想男儿在世时候，

也有过两年婚配。

要让我改嫁别人，

实在是做不出、做不得。

张驴儿　（云）窦娥，你毒死了俺老子，你想公了，还是私了？

窦　娥　（云）怎么是公了？怎么是私了？

张驴儿　（云）你要公了呵，拖你到官衙，把你三拷六问。你这样瘦弱的身子，受不了拷打，还怕你不招认是毒死我老子的罪犯！你要私了呵，你早点儿给我做了老婆，也就算便宜你了。

窦　娥　（云）我又没有毒死你老子，宁可跟你见官去。

（张驴儿拖窦娥、蔡婆婆下）

（桃杌领衙役上）

桃　杌　（念诗）我做官人胜别人，告状来的要金银。若是上司来核卷，在家推病不出门。

（云）我是楚州太守桃杌。今朝开庭审理案件。左右，喝道受理公案。

（衙役大声吆喝开庭）

（张驴儿拖窦娥、蔡婆婆上）

张驴儿　（云）告状，告状！

衙　役　（云）押过来！

（众人跪见桃杌）

桃　杌　（也对众人下跪，云）请起。

衙　役　（云）相公，他是告状的，你怎么对他下跪？

桃　杌　（云）你不知道，只要来告状的，就是我的衣食父母。

（衙役对众人吆喝）

桃　杌　（云）哪个是原告？哪个是被告？老实说来。

张驴儿　（云）小人是原告张驴儿，告这媳妇儿，叫作窦娥，配毒药下在羊肚儿汤里，毒死了俺的老子。这个叫作蔡婆婆，就是俺的后母。望大人与小人做主哪！

桃　杌　（云）是哪一个下的毒药？

窦　娥　（云）不关小女子的事。

蔡婆婆　（云）也不关老太婆的事。

张驴儿　（云）也不关我的事。

桃　杌　（云）都不是，难道是我下的毒药？

窦　娥　（云）我婆婆也不是他的后母。他自姓张，我家姓蔡。我婆婆因为向赛卢医讨债，被他骗到郊外，想勒死我婆婆，却被他爷儿两个救了性命。所以我婆婆收留他爷儿俩在家里，供奉终生，以报答他的恩德。谁知他两个反而起了不良之心，冒认婆婆做了接脚女婿，要逼迫小女子做他的媳妇。小女子原本就是有丈夫的，服孝还没有满期，所以坚决不允。恰好碰上我婆婆生病，叫小女子安排羊肚儿汤喝。不知张驴儿从哪里买了毒药在身上，接过汤来，只说少点儿盐醋，支开小女子，暗地里放下毒药。也是天幸，我婆婆忽然呕吐，不想喝汤，让给他老子喝。才喝了几口就死了。与小女子毫无关系，只望大人高悬明镜，给小女子做主哪。

（唱）大人你明如镜，清似水，

照得见俺的肝胆虚实。

那羹汤本是五味俱全，

除此外我百事不知。

他推说尝滋味，

要再加些盐醋，

他老子喝下去就昏迷。

不是俺在法庭上乱应付，

大人啊，

却叫我平白地说咋的？

张驴儿 （云）请大人详察：她姓蔡，我姓张。她婆婆不招俺父亲做接脚女婿，她养俺父子两个在家里做什么？这媳妇年纪虽小，却是一个贱骨头，不怕打的。

桃　杌 （云）人是贱虫，不打不招。左右，给我挑大棍子打！

（衙役打窦娥。窦娥三次昏迷，三次被喷冷水浇醒）

窦　娥 （唱）这无情的棍棒，叫我受不了，

婆婆呀，

这应是你自己造下的罪孽，
怨得了谁？
劝普天下前婚后嫁的婆娘们，
都记住我这样的先例！

呀，
是哪一个在大声吆喝？
不由我不魄散魂飞。
刚停歇，才苏醒，又昏迷。
挨了这千般拷打，万种凌逼，
一杖下，一道血，一层皮。

打得我肉都飞、血淋漓，
内心的冤枉有谁知！
我这小女子，毒药从哪取？
天哪，
怎么这世道像倒扣着的盆儿里，
全不见太阳光辉！

桃 杌　（云）你招还是不招？

窦 娥　（云）真的不是小女子放的毒药哪。

桃 杌　（云）既然不是你，就给我打那老婆子。

窦　娥　（慌忙云）住住住，不要打我婆婆。宁可由我招认了吧。是我毒死了公公。

梼　杌　（云）既然招了，就让她在供状上画了押，拿枷来枷上，关到死囚牢里去。到明日判一个斩字，押赴闹市，明正典刑。

蔡婆婆　（云）窦娥孩儿，这都是我送了你的性命。这怎不叫人痛杀呵！

窦　娥　（唱）我做了个含冤负屈的无头鬼，
怎能放过你这好色荒淫的黑心贼！
想人心不可欺，
冤枉事天地知。
争到头斗到底，
到如今又能怎的？
宁可招认毒死公公，
写了招供纸。
婆婆呀，
我如果不死呵，
怎么能救出你？
（衙役押窦娥下）

张驴儿　（叩头谢恩云）谢青天老爷做主。明天杀了窦娥，才给小人的老子报了冤仇。

蔡婆婆　　（哭云）明天闹市中就要杀俺窦娥孩儿了，怎不痛杀我了啊！

桃　杌　　（云）张驴儿、蔡婆婆都取了保状，随时听候传审。左右，打散堂鼓，牵过马来，我回私宅去了。

（同下）

第三折

（监斩官上）

监斩官　（云）我是监斩官。今天处决犯人，叫公人们守住巷口，别放往来行人随便走动。

（一公人上，鼓三通、锣三次。刽子手摇旗提刀，押带枷的窦娥上）

刽子手　（云）快点走，快点走。监斩官去法场上好一阵子了。

窦　娥　（唱）没来由犯王法，

不提防触刑律，

叫一声屈，

动地惊天！

顷刻间游魂先赴阎罗殿，

怎不把天地呵来埋怨。

有日月朝暮悬，

有鬼神掌握着生死权。

天地呵，

你只应把清浊来分辨，

可怎么搞混了盗跖与颜渊？

为善的受贫穷却命短，

作恶的享富贵又把年寿延。

天地啊，

你落得一个怕硬欺软，

却原来也这样顺水推船。

地啊，

你不分好歹做什么地？

天啊，

你错看贤愚白做天！

唉，

只落得两眼泪涟涟！

剑子手　（云）快走，都误了时间了。

窦　娥　（唱）只被这枷扭得我左侧右偏，

围观的人拥得我前仆后仰。

我窦娥对大哥你有一句话说。

刽子手　（云）你有什么话说？

窦　娥　（唱）前街里去我心怀恨，

后街里走我死无怨，

你莫推托路途远。

剑子手　　（云）现在来到了法场上。你有什么亲属要见面的，可以让他过来，见你一面也好。

窦　娥　　（唱）可怜我孤身只影无亲眷，
只落得吞声忍气空嗟怨。

剑子手　　（云）难道你连爹娘也没有了？

窦　娥　　（云）只有一个爹爹，十三年前进京应考去了，至今杳无音讯。
（唱）早已是十多年没见过爹爹面。

剑子手　　（云）你刚才要我从后街里走，是什么意思？

窦　娥　　（唱）怕只怕前街里被我婆婆看见。

剑子手　　（云）你自己的性命都顾不上了，怕她看见做什么？

窦　娥　　（云）俺婆婆要是看见我披枷带锁，赴法场吃刀子去呵，
（唱）活活地把她气死呵，
活活地把她气死呵！
求大哥，
临危好给人行方便。
（蔡婆婆哭上）

蔡婆婆　　（云）天哪，这不是我的媳妇儿吗！

剑子手　　（云）这婆子靠后！

窦 娥　　（云）既然俺婆婆来了，就叫她过来，让我嘱咐她几句吧。

刽子手　　（云）那婆子上前来，你媳妇有话要嘱咐你哩！

蔡婆婆　　（云）孩儿，痛杀我了啊！

窦 娥　　（云）婆婆，那张驴儿把毒药放在羊肚儿汤里，其实想毒死你，要霸占我为妻。没想到婆婆让给他老子喝，反而把他老子毒死了。我怕连累婆婆，才屈招了毒死公公，今天赴法场受刑。婆婆，今后每逢冬时年节，初一、十五，有倒剩下的浆水饭，倒半碗儿给我吃；烧不完的纸钱，给窦娥烧上一叠儿，就算是看在你死去的孩儿面上！

（唱）念窦娥不明不白把罪责担，

念窦娥身子脑袋不得保全，

念窦娥从前往日把家务干。

婆婆啊，

你只看窦娥爹娘不在身边的面子上。

念窦娥服侍婆婆这几年，

逢节令拿碗冷饭作祭奠；

你去那受刑法的尸骸上烧些纸钱，
只当是把你死去的孩儿来追荐。

蔡婆婆　（哭云）孩儿放心，这些我都记着。天哪，这不痛杀我了啊！

窦　娥　（唱）婆婆啊，
再也别啼啼哭哭，烦烦恼恼，
怨气冲天。
这都是我做媳妇的没时没运，
不明不暗，负屈衔冤。

刽子手　（吆喝）那老婆子靠后。时辰到了哇！
（窦娥跪着，刽子手开枷）

窦　娥　（云）窦娥告禀监斩大人，有一事肯依窦娥，就死而无怨。

监斩官　（云）你有什么事？你说。

窦　娥　（云）要一领干净的草席，让我窦娥站着；再要一丈二尺白练，挂在旗杆顶上。要是我窦娥确实冤枉，刀过处头落地，这一腔热血，叫它没半点儿溅在地下，都飞在白练上。

监斩官　（云）这个嘛，就依你，又有什么要紧。
（刽子手取席让窦娥站着，又取白练挂在旗杆上）

窦　娥　　（唱）不是我窦娥发下这种无头愿，

确实是冤情不浅。

要是没点儿灵圣给世人传，

也显不出这湛湛青天。

我不要半星热血洒落人世间，

都只在八尺旗枪素练悬，

让四面八方都看见。

这就是咱苌弘尽忠血化碧，

望帝悲啼变杜鹃。

刽子手　　（云）你还有什么要说的？这时不对监斩大人说，还等什么时候哪！

窦　娥　　（再跪，云）大人，现在是三伏天气，要是窦娥确实冤枉，身死之后，天降三尺瑞雪，遮盖了窦娥尸首。

监斩官　　（云）这样的三伏酷暑天气，你就是有冲天的怨气，也召不来一片雪花，岂不是瞎说。

窦　娥　　（唱）你说是暑气浓，

不是那下雪天，

岂不闻六月飞霜因邹衍？

如果真有一腔怨气喷如火，

一定要感召得大瓣冰花滚似绵，

免得我尸骸现；

要什么素车白马，

发送到古陌荒阡！

（三跪，云）大人，我窦娥死得确实冤枉，从今以后，叫这楚州大旱三年！

监斩官 （云）住嘴！哪有这样说话的！

窦　娥 （唱）你说是天公不可盼，

人心不可怜，

不知道皇天也肯从人愿。

为什么三年不见甘霖降？

也只为东海曾有孝妇冤。

如今轮到你山阳县！

这都是官吏们无心正法，

使百姓有口难言！

刽子手 （摇旗，云）怎么这一会儿天色阴了呀？

（后台响起风啸声）

刽子手 （云）好冷的风啊！

窦　娥 （唱）浮云为我阴，

悲风为我旋，

三桩儿誓愿明明白白全说完。

（哭，云）婆婆呀，直等到雪飞六月，大旱

三年呵，

（唱）那时候才把你个屈死的冤魂——这窦娥显。

（刽子手举刀行刑，窦娥倒地）

监斩官　（云）呀！真的下雪了。有这样的怪事！

刽子手　（云）我也说平时杀人，满地都是鲜血，这窦娥的血却是全飞到那丈二白练上，没半点儿落地，真是奇怪。

监斩官　（云）这死罪一定冤枉。前二桩儿都应验了，不知大旱三年的说法准也不准，就看以后怎么样吧。左右，也用不着等到雪晴，就给我抬了她的尸首，还给那蔡婆婆去吧。

（众应声。抬尸下）

第四折

（窦天章官服引张千、衙役上）

窦天章 （念诗）独立空堂思黯然，高峰月出满林烟。非关有事人难睡，自是惊魂夜不眠。

（云）我是窦天章。自从别了我那端云孩儿，又已经十六年左右。我自从到了京师，一举及第，官任参知政事。只因我廉能清正，节操坚刚，感谢圣恩垂爱，将我升为两淮提刑肃政廉访使，到各地审囚核卷，察访贪官污吏，允许我先斩后奏。我一喜又一悲：这喜呵，我身居中央台省，职掌刑名司法，势剑金牌，威权万里；这悲呵，有端云孩儿，七岁时就给了蔡婆婆做儿媳妇。我自从做官以后，派人到楚州去找蔡婆婆家，她的街坊邻居说，当年蔡婆婆搬了家，不知搬到哪里去了，至今音讯全无。我为端云孩儿，哭得两眼昏花，愁得须发斑白。今天来到淮南地界，不知道这楚州为什么三年不下雨。我现在在这州厅安歇。张千，告诉那州里各级官员，今天免去参拜，明天早来拜见。

张　千　（向后台入门喊道）所有各级官员，今天免去参拜，明天早来拜见。

窦天章　（云）张千，告诉六房吏典，只要有该审核的案卷，都拿来，让我在灯下看几份吧。

（张千送上案卷）

窦天章　（云）张千，你给我点上灯。你们都辛苦了，自个儿休息去吧。我叫你就来，不叫你就不用来。

（张千点上灯，与衙役下）

窦天章　（云）我来看几份案卷吧。

“一起犯人窦娥，用毒药害死公公……”我才看了第一份案卷，就与我同姓。这毒死公公，犯下的是十恶不赦的大罪，俺同姓的人中竟然也有不怕法律的！这是已经结了案的卷宗，不看它吧。我把这案卷压在底下，另看一份吧。

（打呵欠）不觉一阵昏昏沉沉起来，都是因为我年事已高、鞍马劳顿的缘故。让我趴在书案上歇会儿吧。

（窦天章入睡。窦娥的鬼魂上）

窦娥鬼魂 （唱）我每天哭啼啼守着望乡台，

急忙忙把仇人等待，

慢腾腾暗地里奔走，

急匆匆旋风中往来。

只被这雾锁云埋，

催促得鬼魂快。

（四下里张望，云）门神户尉不放我进去。我是廉访使窦天章的女儿，因为我屈死，父亲不知道，所以特地来托一梦给他。

（唱）我是那提刑的女儿，

可不同现世的妖怪。

怎不让我到灯影前，

却拦截在门厅外？

（叫）我那爹爹呵，

（唱）空自有势剑金牌，

怎能让俺这屈死三年的腐尸骸，

脱离那无边苦海？

（窦娥鬼魂进门见父亲，哭，窦天章也哭）

窦天章 （云）端云孩儿，你从哪里来？

（窦娥鬼魂虚下。窦天章醒来）

窦天章　（云）真是奇怪！我才合上眼，就梦见端云孩儿，就像是来到我面前一样。现在在哪里？我还是再看这案卷吧。

（窦娥鬼魂上，弄灯使之闪动）

窦天章　（云）奇怪。我正要看案卷，怎么这灯忽明忽灭的？张千也睡着了，我自己挑灯吧。

（窦天章挑灯，窦娥鬼魂移动案卷）

窦天章　（云）我挑亮了这灯，再看几份案卷。

“一起犯人窦娥，毒死公公……”

（疑怪地云）这一份案卷，我先前看过，压在案卷底下的，怎么又在这上面了？这是已经定了案的，仍压在底下，我另外看一份吧。

（窦娥鬼魂再次弄灯）

窦天章　（云）怎么这灯又是半明半暗的？我再挑一挑这灯吧。

（窦天章挑灯，窦娥鬼魂又移动案卷）

窦天章　（云）我把这灯给挑亮了，另拿一份案卷看吧。

“一起犯人窦娥，毒死公公……”

呸！真是奇怪！我方才明明把这案卷压在底

下的，才挑了一下灯，怎么又翻到面上了？莫非是楚州官厅里有鬼么？即使没有鬼呵，这桩事里一定有冤枉。把这案卷再压在底下，让我另看一份怎么样？

（窦娥鬼魂又弄灯）

窦天章 （云）怎么这灯又不亮了？难道是真有鬼在弄这灯？我再去挑一挑。

（窦天章挑灯，窦娥鬼魂上，与之撞见）

窦天章 （举剑击桌）呸！我说有鬼！那鬼魂，我是朝廷钦差带牌走马肃政廉访使，你要是向前来，就一剑挥作两段！张千，亏你还睡得着，快起来，有鬼，有鬼！这真要吓死我了啊！

窦娥鬼魂 （唱）只见他疑心儿胡乱猜，

听了我这哭声反惊骇。

哎，

你这个窦天章竟这样威风大，

且受你孩儿窦娥这一拜。

窦天章 （云）那鬼魂，你说窦天章是你父亲，“受你孩儿窦娥拜”，你怕是认错了吧？我女儿名叫端云，七岁上给蔡婆婆做儿媳妇。你是窦娥，名字不同，怎么会是我的女儿？

窦娥鬼魂　（云）父亲，你把我给了蔡婆婆家，改名叫作窦娥了啊。

窦天章　（云）你就是端云孩儿？我不问你别的，这毒死公公的是不是你？

窦娥鬼魂　（云）是你孩儿。

窦天章　（云）住嘴！你这小妮子，我为你哭得眼也花了，愁得头也白了，你反而犯下十恶大罪，受了极刑！我今天官居台省，职掌刑名，来这两淮审囚核卷，察访贪官污吏。你是我的亲生女儿，我连你也治不了，怎治他人？我当初把你嫁给他家呵，要你做到三从四德。这三从就是：在家从父，出嫁从夫，夫死从子；那四德就是：事公婆，敬夫主，和妯娌，睦街坊。你现在三从四德全无，反而犯下十恶大罪。我窦家三辈没犯法的男人，五世没再婚的女子，到今日却被你玷辱了祖宗世德，还连累我的清名。你快给我细细说出真相，不要假话应付。如果说得有半点儿差错，就用公文发送你到城隍祠内，叫你永世不得做人身，罚在阴山永远做饿鬼。

窦娥鬼魂　（云）父亲请息怒，暂时放下虎狼般的威风，听你孩儿慢慢地说一遍吧。我三岁上死了母亲，七岁上离了父亲，你把我送给蔡婆婆做儿媳妇。到十七岁时与丈夫结婚，才一起生活了两年，不幸丈夫就死了，女儿和俺婆婆一道守寡。这山阳县南门外有个赛卢医，他欠俺婆婆二十两银子。俺婆婆去讨债，被他骗到郊外，想把婆婆勒死；没想到撞上了张驴儿父子俩，救了俺婆婆的性命。那张驴儿知道我家有个守寡的媳妇，就说："你们婆媳既然没有丈夫，不如招了我们父子两个。"俺婆婆起初也不同意，那张驴儿说："你要是不肯，我仍然勒死你。"俺婆婆害怕，不得已含含糊糊地答应了。只得把他父子俩领到家里，要把他们供养到老。那张驴儿几次调戏你孩儿，我坚决不顺从。那一天俺婆婆身子不舒服，想喝羊肚儿汤。你孩儿做好了汤，正好碰上张驴儿父子俩来探病，说："拿汤来我尝一尝。"又说："汤不错，只是少了些盐醋。"哄得我去拿盐醋，他就暗地里下了毒药。本意是想毒死俺婆婆，要强迫我成亲。没想到俺婆婆忽然发吐，不想喝汤，却让给了他老子喝，立刻七窍流血中毒死了。张驴儿就说：“窦娥毒死了俺老子，你要公了，还是要私了？”我就问：“怎么是公了？怎么是私了？”他说：“要公了，告到衙门里，你给俺老子偿命；要私了，你就给我做老婆。”你孩儿就说：“好马不配双鞍，烈女不嫁二夫。我死也不给你做媳妇，我宁愿与你见官去。”他把你孩儿拖到官衙里，受尽三推六问、吊拷捆打。就是打死孩儿，孩儿也不肯承认。谁想州官见你孩儿不认，就要拷打俺婆婆；我怕婆婆年老，受不了刑，只得委屈认罪。因此押赴法场，把我处以极刑。你孩儿对天发下三桩誓愿：第一桩，要丈二白练挂在旗杆上，要是冤枉，刀过头落，一腔热血不溅在地上，都飞到白练上；第二桩，现在三伏天气，下三尺大雪，遮盖你孩儿尸首；第三桩，叫他楚州大旱三年。果然血飞上白练，六月下雪，三年无雨——这都是为了你孩儿的缘故。

（念诗）不告官司只告天，心中怨气口难言。防他老母遭刑宪，情愿无辞认罪愆。三尺琼花骸骨掩，一腔鲜血练旗悬。岂独霜飞邹衍屈，今朝方表窦娥冤。

（唱）你看这案卷说过还是没说过，

我这冤枉要忍耐怎忍耐？

我不肯顺他人，

反叫我赴法场，

我不肯辱祖宗，

反把我残生坏。

呀，

今日里抱住了这摄魂台，

魂灵儿怨哀哀。

（云）父亲啊，

（唱）你现在掌握着刑名事，

亲受了圣主差遣。

请仔细察看这案卷，

那家伙乱纲常该当失败。

纵然万剐了这无赖，

还觉得报冤仇不够畅快。

窦天章 （抽泣着云）哎！我那屈死的儿，被你痛杀我了啊！我再问你：这楚州三年不下雨，果真是为了你来着？

窦娥鬼魂　（云）是为你孩儿来着。

窦天章　（云）竟有这样的事！到明天我给你做主。

（念诗）白头亲苦痛哀哉，屈杀了你个青春女孩。

（云）只怕天就要亮了，你先回去。到明天我就把案卷改正清楚。

（窦娥鬼魂暂下）

窦天章　（云）呀，天已经亮了哪！张千，我昨天晚上看几份案卷，中间有一个鬼魂来诉冤。我叫你好几次，你就是不答应，真是好睡哪！

张　千　（云）小人我两个鼻孔一夜没闭过，既没听见女鬼诉什么冤状，也没听见相公叫唤。

窦天章　（叱喝）啐！今朝开庭审案，张千，喝道受理公案。

张　千　（吆喝）本衙人马平安，抬书案！

（禀报）州官参见。

（州官上，参见窦天章）

张　千　（禀报）州府吏典参见。

（吏典上，参见窦天章）

窦天章　（云）你们楚州一郡，三年无雨，是什么缘故？

州　官　（云）这个……是天道大旱，楚州百姓的灾难，小官等不知其罪。

窦天章　（怒云）你们不知罪么！那山阳县有一个用毒药谋死公公的犯妇窦娥，她临刑时曾经发愿说："要是果真冤枉，叫你楚州三年无雨，寸草不生。"有没有这事？

州　官　（云）这罪是现已升任的前桃太守判定的，现在有案卷在。

窦天章　（云）这样糊涂的官也叫他升任了去！你是接替他上任的，这三年当中曾经祭过这冤妇没有？

州　官　（云）该犯属于十恶大罪，原来就没有建过祠，所以没有献过祭。

窦天章　（云）以前汉朝有一个孝妇守寡，她婆婆上吊自杀，她小姑控告孝妇杀了婆婆，东海太守把孝妇斩了。只为了这一妇含冤，致使三年无雨。后来于（定国）公治理监狱，依稀看见孝妇抱着案卷在厅前哭泣。于公把案卷改正，亲自祭奠孝妇之墓，天就下了大雨。今天你楚州大旱，难道不正与这事相同？张千，吩咐吏典签发公文到山阳县，叫他们拘捕张驴儿、赛卢医、蔡婆婆等一批犯人，火速解审，不许违误片刻！

张　千　（云）知道了。（下）

（解子押张驴儿、蔡婆婆随同张千上）

解　子　（禀报）山阳县押到案犯听候审问。

窦天章　（云）张驴儿。

张驴儿　（云）有。

窦天章　（云）蔡婆婆。

蔡婆婆　（云）有。

窦天章　（云）赛卢医是重要案犯，怎么没押到？

解　子　（云）赛卢医三年前在逃，同时已经四处通缉捉拿去了。等抓到时再押来候审。

窦天章　（云）张驴儿，那蔡婆婆是你的后母吗？

张驴儿　（云）母亲岂能冒认？当然是的。

窦天章　（云）这毒死你父亲的毒药，案卷上没有记录那配药的人，是哪来的毒药？

张驴儿　（云）是窦娥自己配制的毒药。

窦天章　（云）有这毒药一定有一个卖药的药铺，想窦娥是一个年轻寡妇，哪里去买这药？张驴儿，恐怕是你配的毒药吧？

张驴儿　（云）要是小人配的毒药，怎么不毒死别人，反倒毒死自家老子？

窦天章　（云）我那屈死的儿呵，这一节可是重要物证，你自己不来分辨，怎么搞得清楚？如今你的冤魂却在哪里？

（窦娥鬼魂上）

窦娥鬼魂　（云）张驴儿，这药要不是你配的，又是哪个配的？

张驴儿　（云）有鬼有鬼，撮盐入水。太上老君，急急如律令，敕。

窦娥鬼魂　（云）张驴儿，你那天放毒药在羊肚儿汤里，本意是想毒死俺婆婆，逼迫我做你老婆。没想到俺婆婆没喝，让给了你父亲喝，才把他给毒死了。你今天还敢抵赖哩！

（唱）猛然见了你这该打杀的家伙，

我只问你这毒药从哪里来？

你本意想暗地里安排，

要逼迫我顺从你这无赖，

想不到反而把你亲爹伤害，

怎叫咱替你担罪消灾！

（窦娥鬼魂打张驴儿）

张驴儿　（躲避着，云）太上老君，急急如律令，敕。

大人说这毒药一定有一个卖毒药的药铺，要是找得到这卖药的人来和小人对证，我就死也没话说了。

（解子押送赛卢医上）

解　子　（云）山阳县继续押送到犯人一名赛卢医。

张　千　（喝道）抬起头来对质！

窦天章　（云）你三年前要勒死蔡婆婆，赖她银子，可有这回事？

赛卢医　（叩头）小人想赖蔡婆婆银子这事是有的。当时被两个汉子救了，那婆子并没有死。

窦天章　（云）这两个汉子你可知道叫什么名字？

赛卢医　（云）小人认倒是认得。不过惊慌之际，可没有问过他们的名姓。

窦天章　（云）现在有一个在阶下，你去认了来。

赛卢医　（下台阶，辨认）这位是蔡婆婆。（指张驴儿）想必是这毒药的事败露了。（上台阶，回禀）就是这一个。请允许小人禀告：那天本要勒死蔡婆婆的时候，正好遇到他们爷儿两个，救了那婆婆去。过了几天，他到小人铺里买毒药。小人是念佛吃斋的人，不敢做昧心的事，就说："铺里只有合法经售的药，没什么毒药。”他就瞪着眼睛说：“你昨天在郊外要勒死蔡婆婆，我拖你见官去！”小人平生最怕的是见官，只好给了他一帖毒药。小人见他面相长得凶恶，一定拿这毒药去害人，久后败露，必然受到牵累。小人一直逃在涿州地界，卖些老鼠药，勉强把老鼠倒是给毒死了好几只；毒死人的药，却再也没有配过。

窦娥鬼魂 （唱）你只为了赖财，

使坏，

理该担罪责。

（带云）这毒药呵，

（唱）原来是你赛卢医卖，

张驴儿买，

无缘无故填入我的犯罪牌，

到今天官虽去，

衙门在！

窦天章 （云）带那蔡婆婆上来。我看你也是六十开外的人了，家里又是有钱的，怎么还嫁给老张，做出这种事来？

蔡婆婆 （云）我是因为他爷儿俩救了我的性命，才收留他们在家里，供养到老；那张驴儿常说要我把他老子招赘进来，我并没有答应他。

窦天章 （云）这么说，你那媳妇就不应该承认是毒死公公了。

窦娥鬼魂 （云）当时审问官要打俺婆婆，我怕她年老受不了刑，所以才认作是毒死公公，确实是屈招的哪！

（唱）你说是我不应该在这供状里这样承认。

我本来是一片孝顺的心怀，

反而做了惹祸的胚胎。

我以为官吏们还要复查，

谁想到却把咱屈斩在长街！

第一要旗枪白练鲜血洒，

第二要三尺雪里把尸埋，

第三要三年大旱示天灾——

咱的誓愿真是大。

呀，

这真是衙门自古朝南开，

其中没有不冤哉！

痛杀我娇姿弱体禁闭在坟台，

早已是三年以外，

只落得悠悠流恨似长淮。

窦天章　（云）端云孩儿呀，你这冤枉我都已知道，你先回去。等我把这一批犯人和原来的审问官吏另行定罪，换个日子再做个水陆道场，超度你魂升天界就是了。

窦娥鬼魂　（拜谢，唱）

从今后把金牌势剑从头摆，

将贪官污吏全杀死，

给天子分忧，

为万民除害！

（云）我差点儿忘了一件事。爹爹，俺婆婆年事已高，没人侍养，你可以收留在家里，替你孩儿尽到养生送死的责任，我就是在九泉之下，也能瞑目了。

窦天章　（云）多孝顺的孩儿呀！

窦娥鬼魂　（唱）嘱咐你，爹爹，

收养我奶奶。

可怜她无媳无儿，

谁看顾她年迈体衰！

再把那案卷打开，

（云）爹爹呀，把我窦娥名下，

（唱）屈死的诬服罪名儿改。（下）

窦天章 （云）叫那蔡婆婆上前来。你还认识我吗？

蔡婆婆 （云）我眼花了，不认识。

窦天章 （云）我就是窦天章。刚才的鬼魂，就是我屈死的女儿端云。你们这一行人听我宣判：张驴儿毒死亲爹，谋占寡妇，该受凌迟之罪，押付闹市中钉上木驴，剐一百二十刀处死。已升任的太守桃杌以及他原来属下的吏典官，违背法律，各杖一百，永不任用。赛卢医不该赖钱，勒死平民；又不该配制毒药，致伤人命，发配到烟瘴地方，永远充军。蔡婆婆由我家收养。窦娥的罪名改正清楚。

（念诗）莫道我念亡女为她灭罪消愆，也只可怜着楚州大旱三年。昔于公曾表彰东海孝妇，果然是感召得灵雨如泉。岂能就推托是天灾代代有，竟不想人之意感应通天。今日里把案卷重新改正，方显出皇家刑法不使民冤。

题目　秉鉴持衡廉访法

正名　感天动地窦娥冤

㊊ 包待制智斩鲁斋郎

《鲁斋郎》是关汉卿著名的公案戏。它写权势显赫的鲁斋郎抢夺许州银匠李四妻子张氏与郑州六案都孔目张珪妻子李氏，迫使两家妻离子散。十五年后，包拯以“鱼齐即”强抢民女一本，奏请皇帝批准处决，然后将三字添笔改成“鲁斋郎”，将其斩首；两家最终在云台观相认团圆。剧作揭露了鲁斋郎令人发指的兽行，歌颂了包拯为民除害的行动。

人物表

李　四　许州银匠。外扮。

李　妻　李四之妻，姓张，貌美。旦扮。

张　珪　郑州府六案都孔目。正末扮。

张　妻　张珪之妻，姓李，貌美。贴旦扮。

鲁斋郎　权势显赫、得到皇帝保护的贵家子弟。冲末扮。

张　龙　鲁斋郎的随从。

张　倈　张珪之子。

李　倈　李四之子。

观　主　云台观观主。净扮。

包　拯　开封府尹。为人刚毅，不畏权贵，断案公正。外扮。

楔　子

（冲末扮鲁斋郎引张龙上，诗云）花花太岁为第一，浪子丧门再没双。街市小民闻吾怕，则我是权豪势要鲁斋郎。小官鲁斋郎是也。随朝数载，谢圣恩可怜，除授今职。小官嫌官小不做，嫌马瘦不骑。但行处引的是花腿闲汉、弹弓粘竿、皷儿小鹞，每日价飞鹰走犬，街市闲行。但见人家好的玩器，怎么他倒有，我倒无？我则借三日玩看了，第四日便还他，也不坏了他的。人家有那骏马雕鞍，我使人牵来，则骑三日，第四日便还他，也不坏了他的。我是个本分的人。自离了汴梁，来到许州，因街上骑着马闲行，我见个银匠铺里一个好女子，我正要看他，那马走的快，不曾得仔细看。张龙，你曾见来么？

（张龙云）比及爹有这个心，小人打听在肚里了。

（鲁斋郎云）你知道他是甚么人家？

（张龙云）他是个银匠，姓李，排行第四。他的个浑家生的风流，长的可喜。

（鲁斋郎云）我如今要他，怎么能勾？

（张龙云）爹要他也不难，我如今将着一把银壶瓶，去他家整理，多与他些钱钞，与他几钟酒吃，着他浑家也吃几钟，扶上马就走。

（鲁斋郎云）此计大妙。则今日收拾鞍马，跟着我银匠铺里，整理壶瓶走一遭去。（诗云）推整壶瓶生巧计，拐他妻子忙逃避。总饶赶上焰摩天，教他无处相寻觅。（下）

（外扮李四，同旦、二俫上，云）小可许州人氏，姓李，排行第四。人口顺唤做银匠李四。嫡亲的四口儿，浑家张氏，一双儿女，厮儿叫做喜童，女儿叫做娇儿。全凭打银，过其日月。今日早间，开了这铺儿，看有甚么人来？

（鲁斋郎引张龙上，云）小官鲁斋郎。因这壶瓶跌漏，去那银匠铺整理一整理。左右，接了马者，将交床来。

（张龙云）理会的。（坐下科。）

（鲁斋郎云）张龙，你与我叫那银匠出来。

（张龙做唤科，云）兀那银匠，鲁爷在门首叫你哩！

（李四慌出跪科，云）大人唤小人有何事干？

（鲁斋郎云）你是银匠么？

（李四云）小人是银匠。

（鲁斋郎云）兀那李四，你休惊莫怕，你是无罪的人，你起来。

（李四云）大人唤我做甚么？

（鲁斋郎云）我有把银壶瓶跌漏了，你与我整理一整理，与你十两银子。

（李四云）不打紧，小人不敢要偌多银子。

（鲁斋郎云）你是个小百姓，我怎么肯亏你？与我整理的好，着银子与你买酒吃。

（李四接壶科，云）整理的复旧如初，好了也。大人试看咱。

（鲁斋郎云）这厮真个好手段，便似新的一般。张龙，有酒么？

（张龙云）有。

（鲁斋郎云）将来赏他几杯。

（做筛酒，李四连饮三杯科，云）勾了。

（鲁斋郎云）你家里再有甚么人？

（李四云）家里有个丑媳妇，叫出来见大人。大嫂，你出来拜大人。（旦出拜科。）

（鲁斋郎云）一个好妇人也！与他三钟酒吃。我也吃一钟。张龙，你也吃一钟。兀那李四，这三

钟酒是肯酒，我的十两银子与你做盘缠；你的浑家，我要带往郑州去也，你不拣那个大衙门里告我去！（同旦下）

（李四做哭科，云）清平世界，浪荡乾坤，拐了我浑家去了！更待干罢，不问那个大衙门里，告他走一遭去。（下）

（贴旦引二俫上，云）妾身姓李，夫主姓张，在这郑州做着个六案孔目。嫡亲的四口儿家属，一双儿女，小厮唤做金郎，女儿唤做玉姐。孔目衙门中去了，这早晚，敢待来也。

（李四慌上，云）一心忙似箭，两脚走如飞。自家李四的便是。因鲁斋郎拐了我的浑家，往郑州来了，我随后赶来，到这郑州。我要告他，不认的那个是大衙门。来到这长街市上，不觉一阵心疼，我死也，却教谁人救我这性命咱？

（正末扮张珪引祗候上，云）自家姓张名珪，字均玉，郑州人氏。幼习儒业，后进身为吏。嫡亲的四口儿，浑家李氏，是华州华阴县人氏，他是个医士人家女儿。生下一双儿女，金郎、玉姐。我在这郑州做着个六案都孔目。今日衙门中无甚事，回家里去，见一簇人闹，祗候，你看是甚么人？

（祗候问云）你是甚么人，倒在地上？

（李四云）小人害急心疼，看看至死，哥哥可怜见，救小人一命咱。

（祗候见末科，云）是一个人害急心疼，倒在地下。

（正末云）我试看咱。兀那君子，为甚么倒在地下？

（李四云）小人急心疼，看看至死，怎么救小人一命！

（正末云）那里不是积福处？我浑家善治急心疼。领他到家中，与他一服药吃，怕做甚么？祗候人，扶他家里来。大嫂那里？

（贴旦见末科，云）孔目来了也，安排茶饭你吃。

（正末云）且不要茶饭。我来狮子店门首，见一人害急心疼，我领将来，你与他一服药吃，救他性命。那里不是积福处？

（贴旦云）待我调药去。（做调药科，云）君子，你试吃这药。

（李四吃药科，云）我吃了这药，哎哟，无事了也，多谢官人、娘子。若不是官人、娘子，那里得我这性命来！

（正末云）我问君子，那里人氏，姓甚名谁？

（李四云）小人姓李，排行第四，人口顺都叫我李四，许州人氏，打银为生。

（贴旦云）你也姓李，我也姓李，有心要认你做个兄弟，未知孔目心中肯不肯，我问孔目咱。

（做问末科，云）这人也姓李，我也姓李，我有心待认他做个兄弟，孔目意下如何？

（正末云）大嫂，你主了便罢。兀那李四，你近前来，我浑家待认你做个兄弟，你意下如何？

（李四云）你救了我性命，休道是做兄弟，在你家中随驴把马，也是情愿。

（正末云）你便是我舅子，我浑家就是你亲姐姐一般，兄弟，你为甚么到这里？

（李四云）你便是我亲姐姐、姐夫，有人欺负我来，你与我做主。

（正末云）谁欺负你来？我便着人拿去，谁不知我张珪的名儿！

（李四云）不是别人，是鲁斋郎强夺了我浑家去了。姐姐、姐夫，与我做主。

（末做掩口科，云）哎哟，吓杀我也！早是在我这里，若在别处，性命也送了你的。我与你些盘缠，你回许州去罢，这言语你再也休题！（唱）

【仙吕端正好】被论人有势权，原告人无门下，你便不良会可跳塔轮铡，那一个官司敢把勾头押？题起他名儿也怕。

【幺篇】你不如休和他争，忍气吞声罢。别寻个家中宝，省力的浑家。说那个鲁斋郎胆有天来大，他为臣不守法，将官府敢欺压，将妻女敢夺拿，将百姓敢蹭踏。赤紧的他官职大的忒稀诧！（下）

（李四云）我这里既然近不的他，不如仍还许州去也。（下）

第一折

（鲁斋郎上，云）小官鲁斋郎。自从许州拐了李四的浑家，起初时性命也似爱他，如今两个眼里不待见他。我今回到这郑州，时遇清明节令，家家上坟祭扫，必有生得好的女人。我领着张龙一行步从，直到郊野外踏青走一遭去来。（下）

（正末引贴旦上，云）自家张珪，时遇寒食，家家上坟。我今领着妻子上坟走一遭去。想俺这为吏的多不存公道，熬的出身，非同容易也呵！（唱）

【仙吕点绛唇】则俺这令史当权，案房里面关文卷，但有半点儿牵连，那刁蹬无良善。

【混江龙】休想肯与人方便，衠一片害人心，勒掯了些养家缘。（带云）听的有件事呵，（唱）**押文书心情似火，写帖子勾唤如烟。教公吏勾来衙院里，抵多少笙歌引至画堂前。冒支国俸，滥取人钱；那里管爷娘冻馁，妻子熬煎！经旬间不想到家来，破工夫则在那娼楼串，则图些烟花受**

用，风月留连。

【油葫芦】只待置下庄房买下田，家私积有数千，那里管三亲六眷尽埋冤？逼的人卖了银头面，我戴着金头面；送的人典了旧宅院，我住着新宅院。有一日限满时，便想得重迁，怎知他提刑司刷出三宗卷，恁时节带铁索、纳赃钱。

【天下乐】那其间，敢卖了城南金谷园。百姓见无权，一味里掀，泼家私如败云风乱卷；或是流二千，遮莫徒一年，恁时节则落的几度喘。

（云）早来到坟所也。（唱）

【金盏儿】觑郊原，正晴暄，古坟新土都添遍，家家化钱烈纸痛难言。一壁厢黄鹂声恰恰，一壁厢血泪滴涟涟。正是“莺啼新柳畔，人哭古坟前”。

（贴旦云）孔目，咱慢慢耍一会家去。

（鲁斋郎引张龙上，云）你都跟着我闲游去来，这一所好坟也！树木上面一个黄莺儿，小的，将弹弓来。（做打弹科）

（俫儿哭云）奶奶，打破头也！

（贴旦云）那个弟子孩儿，闲着那驴蹄烂爪，打过这弹子来！

（正末云）这个村弟子孩儿无礼，我家坟院里打过弹子来，你敢是不知我的名儿？我出去看波！

（唱）

【后庭花】是谁人墙外边，直恁的没体面？我擦擦的望前去。（鲁斋郎云）张珪，你骂谁哩？（正末唱）吓的我行行的往后偃。（鲁斋郎云）你这弟子孩儿，作死也！我是谁？你骂我！（正末唱）我恰便似坠深渊，把不定心惊胆战，有这场死罪愆！我今朝遇禁烟，到先茔来祭奠，饮金杯，语笑喧。他弓开时似月圆，弹发处又不偏，刚，落在我面前。

（鲁斋郎云）张珪，你骂我呵，不是寻死哩！

（正末唱）

【青哥儿】你教我如何、如何分辨？（贴旦云）是那一个不晓事弟子孩儿，打破我孩儿的头？（正末唱）省可里乱语胡言。（倈儿云）打破我头也！（正末唱）哎！你个不识忧愁小业冤，吓的我魂魄萧然，言语狂颠，谁敢迟延？我只得破步撩衣走到根前，少不的把屎做糕糜咽。

（正末做跪科。）

（鲁斋郎云）张珪，你怎敢骂我？你不认的我？觑我一觑，该死；你骂我，该甚么罪过？

（正末云）张珪不知道是大人，若知道是大人呵，张珪那里死的是。

（鲁斋郎云）君子千言有一失，小人千言有一当。他不知是我，若知是我，怎么敢骂我？不和你一般见识。这座坟是谁家的？

（正末云）是张珪家的。

（鲁斋郎云）消不的你请我坟院里坐一坐，教你祖宗都得生天。

（正末云）只是张珪没福消受，请大人到坟院里坐一坐。

（鲁斋郎云）倒好一座坟院也。我听的有女人言语，是谁？

（正末云）是张珪的丑媳妇儿。

（鲁斋郎云）消不得拜我一拜？

（正末云）大嫂，你来拜大人。

（贴旦云）我拜他怎地？

（正末云）你只依着我。（贴旦出拜）

（鲁斋郎还礼科，云）一个好女子也，他倒有这小浑家，我倒无！张珪，你这厮该死！怎敢骂我？这罪过且不饶！你近前将耳朵来，把你媳妇明日送到我宅子里来！若来迟了，二罪俱罚。小厮，将马来，我回去也。（下）

（贴旦云）孔目，他是谁？你这等怕他！

（正末云）大嫂，咱快收拾，回家去来。（唱）

【赚煞】哎！只被你巧笑倩祸机藏，美目盼灾星现；也是俺连年里时乖运蹇，可可的与那个恶那吒打个撞见。吓的我似没头鹅、热地上蚰蜒。恰才个马头边，附耳低言，一句话似亲蒙帝王宣。（做拿弹子拜科。）（唱）这弹子举贤荐贤，他来的扑头扑面，明日个你团圆，却教我不团圆！（下）

第二折

（鲁斋郎引张龙上，诗云）着意栽花花不发，等闲插柳柳成阴。谁识张珪坟院里，倒有风流可喜活观音。小官鲁斋郎，因赏玩春景，到于郊野外张珪坟前，看见树上歇着个黄莺儿，我拽满弹弓，谁想落下弹子来，打着张珪家小的，将我千般毁骂。我要杀坏了他，不想他倒有个好媳妇。我着他今日不犯，明日送来，我一夜不曾睡着。他若来迟了，就把他全家尽行杀坏。张龙，门首觑者，若来时，报复我知道。

（正末同贴旦上，云）大嫂，疾行动些！

（贴旦云）才五更天气，你敢风魔九伯，引的我那里去？

（正末云）东庄里姑娘家有喜庆勾当，用着这个时辰，我和你行动些。大嫂，你先行。

（贴旦先行科）

（正末云）张珪怎了也？鲁斋郎大人的言语："张珪，明日将你浑家，五更你便送到我府中来。"

我不送去，我也是个死；我待送去，两个孩儿久后寻他母亲，我也是个死。怎生是好也呵？（唱）

【南吕一枝花】全失了人伦天地心，倚仗着恶党凶徒势，活支刺娘儿双拆散，生各札夫妇两分离。从来有日月交蚀，几曾见夫主婚、妻招婿？今日个妻嫁人、夫做媒，自取些奁房断送陪随，那里也羊酒、花红、段匹？

【梁州第七】他凭着恶哏哏威风纠纠，全不怕碧澄澄天网恢恢。一夜间摸不着陈抟睡，不分喜怒，不辨高低。弄的我身亡家破，财散人离。对浑家又不敢说是谈非，行行里只泪眼愁眉。你、你、你，做了个别霸王自刎虞姬；我、我、我，做了个进西施归湖范蠡；来，来，来，浑一似嫁单于出塞明妃。正青春似水，娇儿幼女成家计，无忧虑，少萦系。平地起风波二千尺，一家儿瓦解星飞。

（贴旦云）俺走了这一会，如今姑娘家在那里？

（正末云）则那里便是。

（贴旦云）这个院宅便是？他做甚么生意，有这等大院宅？

（正末唱）

【牧羊关】怕不“晓日楼台静，春风帘幕低”，没福的怎生消得！这厮强赖人钱财，莽夺人妻室，高筑座营和寨，斜搠面杏黄旗，梁山泊贼相似，与蓼儿洼争甚的！

（云）大嫂，你靠后。

（正末见张龙科，云）大哥，报复一声，张珪在于门首。

（张龙云）你这厮才来，你该死也！你则在这里，我报复去。

（鲁斋郎云）兀那厮做甚么？

（张龙云）张珪两口儿在于门首。

（鲁斋郎云）张龙，我不换衣服罢，着他过来见。

（末、旦叩见科）

（鲁斋郎云）张珪，怎这早晚才来？

（正末云）投到安伏下两个小的，收拾了家私，四更出门，急急走来，早五更过了也。

（鲁斋郎云）这等也罢，你着那浑家近前来我看。

（做看科，云）好女人也，比夜来增十分颜色。生受你，将酒来吃三杯。

（正末唱）

【四块玉】将一杯醇糯酒十分的吃。（贴旦云）张孔目少吃，则怕你醉了。（正末唱）**更怕我酒后疏狂失了便宜。扭回身，刚咽的口长吁气，我乞求得醉似泥，唤不归。**（贴旦云）孔目，你怎么要吃的这等醉？（正末云）大嫂，你那里知道！（唱）**我则图别离时，不记得。**

（贴旦云）孔目，你这般烦恼，可是为何？

（正末云）大嫂，实不相瞒，如今大人要你做夫人，我特特送将你来。

（贴旦云）孔目，这是甚么说话？

（正末云）这也由不的我，事已至此，只得随顺他便了。（唱）

【骂玉郎】也不知你甚些儿看的能当意？要你做夫人，不许我过今日，因此上急忙忙送你到他家内。（贴旦云）孔目，你这般下的也！（正末唱）**这都是我缘分薄，恩爱尽，受这等死临逼！**

（贴旦云）你在这郑州做个六案都孔目，谁人不让你一分？那厮甚么官职，你这等怕他，连老婆也保不的？你何不拣个大衙门告他去？

（正末云）你轻说些！倘或被他听见，不断送了我也？（唱）

【感皇恩】他、他、他，嫌官小不为，嫌马瘦不骑，动不动挑人眼、剔人骨、剥人皮。（云）他便要我张珪的头，不怕我不就送去与他。如今只要你做个夫人，也还算是好的。（唱）**他少甚么温香软玉、舞女歌姬！虽然道我灾星现，也是他的花星照，你的福星催。**

（贴旦云）孔目，不争我到这里来了，抛下家中一双儿女，着谁人照管他？兀的不痛杀我也！

（正末唱）

【采茶歌】撇下了亲夫主不须提，单是这小业种好孤凄。从今后，谁照觑他饥时饭、冷时衣？虽然个留得亲爷没了母，只落的一番思想一番悲！

（正末同旦掩泣科）

（鲁斋郎云）则管里说甚么，着他到后堂中换衣服去。

（贴旦云）孔目，则被你痛杀我也！

（正末云）苦痛杀我也，浑家！

（鲁斋郎云）张珪，你敢有些烦恼，心中舍不的么？

（正末云）张珪不敢烦恼，则是家中有一双儿女，无人看管。

（鲁斋郎云）你早不说！你家中有两个小的无人照管。张龙，将那李四的浑家梳妆打扮的赏与张珪便了。

（张龙云）理会的。

（鲁斋郎云）张珪，你两个小的无人照管，我有一个妹子，叫做娇娥，与你看觑两个小的。你与了我你的浑家，我也舍的个妹子酬答你。你醉了骂他，便是骂我一般；你醉了打他，便是打我一般。我交付与你，我自后堂去也。（下）

（正末云）这事可怎了也？罢、罢、罢！（唱）

【黄钟尾】夺了我旧妻儿，却与个新佳配，我正是弃了甜桃，绕山寻醋梨。知他是甚亲戚！教喝下庭阶，转过照壁，出的宅门，扭回身体，遥望着后堂内养家的人，贤惠的妻。非今生，是宿世，我则索寡宿孤眠过年岁，几时能勾再得相逢？则除是南柯梦儿里！（下）

第三折

（李四上，云）自家李四。因鲁斋郎夺了我浑家、赶到郑州告不的他，又回许州来。一双儿女，不知去向。那里也难住，我且往郑州投奔我姐姐、姐夫去也。（下）

（俫儿上，云）我是张孔目的孩儿金郎，妹子玉姐，父亲、母亲人情去了，这早晚敢待来也！

（正末上，云）好是苦痛也！来到家中，且看两个孩儿，说些甚么？鲁斋郎，你好狠也呵！（唱）

【中吕粉蝶儿】倚仗着恶党凶徒，害良民肆生淫欲，谁敢向他行挟细拿粗？逞刁顽全不想他妻我妇，这的是败坏风俗。那一个敢为敢做！

【醉春风】空立着判黎庶受官厅，理军情元帅府，父南子北各分离，端的是苦，苦！俺夫妻千死千生。百伶百俐，怎能勾一完一聚？

（俫儿云）爹爹，你来家也，俺奶奶在那里？

（正末云）孩儿，你母亲便来，（叹科，云）嗨！可怎了也？（唱）

【红绣鞋】怕不待打迭起千忧百虑，怎支吾这短叹长吁？（俫儿云）俺母亲怎生不见来了？（正末唱）**他可便一上青山化血躯。将金郎眉甲按，把玉姐手梢扶，兀的不痛杀人也儿共女！**

（俫儿云）爹爹，俺母亲端的在那里？

（正末云）你母亲被鲁斋郎夺去了也！

（俫儿云）兀的不气杀我也。（俫气倒科）

（正末救科，云）孩儿，你苏醒者！则被你痛杀我也！

（张龙引旦上，云）自家张龙便是。奉着鲁斋郎大人言语，着我送小姐到这里。张珪在家么？

（正末云）谁在门外？待我开门看咱。（做看科，云）呀！你来怎么？

（张龙云）我奉大人言语，着我送小姐与你。休说甚么。小姐，你也休说甚么。我回去也。（下）

（正末云）小姐，请进家来。两个孩儿，来拜你母亲。小姐，先前浑家，止有这两个孩儿，小姐早晚看觑咱。

（旦云）孔目，你但放心，都在我身上。

（正末唱）

【迎仙客】**你把孩儿亲觑付，厮抬举。这两个不肖孩儿也有甚么福？便做道忒贤达、不狠毒。**（旦云）孔目，你放心，就是我的孩儿一般看成。（正末唱）**看成的似玉颗神珠，终不似他娘肠肚。**

（李四上，云）我来到郑州，这是姐姐、姐夫家。我叫门咱。（做叫门科）

（正末云）谁叫门哩？我看去。（见科）

（正末云）原来是舅子。你的症候，我如今也害了也。

（李四云）姐姐有好药。

（正末云）不是那个急心疼症候，用药医得，是你那整理银壶瓶的症候，你姐姐也被鲁斋郎夺将去了也！

（李四云）鲁斋郎，你早则要了俺家两个人也。

（正末云）舅子，我可也强似你，他与了我一个小姐，叫做娇娥。

（李四云）鲁斋郎，你夺了我的浑家，草鸡也不曾与我一个。姐夫既没了姐姐，我回许州去罢。

（正末云）舅子，这个便是你姐姐一般，厮见一面，怕做甚么？

（李四云）既如此，待我也见一面，我就回去，姐夫，你可休留我。（做相见各留意科）

（正末云）舅子，你敢要回去么？

（李四云）姐夫，则这里住倒好。

（正末云）好奇怪也！（唱）

【红绣鞋】他两个眉来眼去，不由我不暗暗踌蹰，似这般哑谜儿教咱怎猜做？那一个心犹豫，那一个口支吾。莫不你两个有些儿曾面熟？

（祗候上，云）张孔目，衙门中唤你趱文书哩。

（正末云）舅子，你和你姐姐在家中，我衙门中趱文书去也。（下）

（旦与李四打悲科）

（李四云）娘子，你怎么到得这里？

（倈儿上，云）奶奶，俺爹爹那里去了？

（旦云）衙门中趱文书去了。

（倈儿云）这等，俺两个寻俺爹爹去。（下）

（李四云）则被你想杀我也！

（正末冲上见科，喝云）你两个待怎么？

（李四同旦跪科）

（正末云）他早招了也。（唱）

【石榴花】早难道君子断其初，今日个亲者便为疏。人还害你待何如？我是你姐夫，倒做了姨夫。当初我医可了你病症还乡去，把你似太行山倚仗做亲属。我一脚的出宅门，你待展污俺婚姻簿，我可便负你有何辜？

【斗鹌鹑】全不似管鲍分金，倒做了孙庞刖足；把恩人变做仇家，将客僧翻为寺主。自古道：不毒不丈夫。他将了你的媳妇，不敢向鲁斋郎报恨雪冤，则来俺家里尤云殢雨。

（李四云）姐夫，实不相瞒，则他便是我的浑家，改做他的妹子与了姐夫。

（正末云）谁这般道来？（唱）

【上小楼】谁听你花言巧语？我这里寻根拔树。谁似你不分强弱，不识亲疏，不辨贤愚。纵是你旧媳妇、旧丈夫，依旧欢聚，可送的俺一家儿灭门绝户！

（云）我一双孩儿在那里？

（旦云）你去攒文书，他两个寻你去了。

（正末云）眼见的所算了我那孩儿，兀的不气杀我也！（唱）

【幺篇】我一时间不认的人，您两个忒做的出！空教我乞留乞良、迷留没乱、放声啼哭。这郑孔目拿定了萧娥胡做，知他那里去了赛娘、僧住？

（云）罢、罢、罢！浑家被鲁斋郎夺将去了，一双儿女又不知所向。甫能得了个女人，又是银匠李四的浑家。我在这里，怎生存坐？舅子，我将家缘家计，都分付与你两口儿，每月斋粮道服，休少了我的。我往华山出家去也。

（李四云）姐夫，你怎生弃舍了铜斗儿家缘、桑麻地土？我扯住你的衣服，至死不放你去！

（正末唱）

【十二月】休把我衣服扯住，情知咱冰炭不同垆。（李四云）姐夫，这桑麻地土、宝贝珍珠，怎生割舍的？（正末唱）**管甚么桑麻地土，更问甚宝贝珍珠？**（李四云）姐夫，把我浑家与你罢。（正末唱）**呸！不识羞闲言长语，他须是你儿女妻夫。**

（旦云）孔目，你与我一纸休书咱。

（正末唱）

【尧民歌】索甚么恩绝义断写休书！（李四云）鲁斋郎知道，他不怪我？（正末唱）鲁斋郎也不是我护身符。（李四云）俺姐姐不知在那里？（正末唱）**他两行红袖醉相扶，美女终须累其夫。嗟吁，嗟吁！教咱何处居？则不如趁早归山去。**

（李四云）姐夫，许多家缘家计、田产物业，你怎下的都抛撇了？

（正末唱）

【耍孩儿】休道是东君去了花无主，你自有莺俦燕侣。我从今万事不关心，还恋甚衾枕欢娱？不见浮云世态纷纷变，秋草人情日日疏！空教我泪洒遍湘江竹。这其间心灰卓氏，干老了相如！

（李四云）俺姐姐不知在那里？

（正末云）你那姐姐呵！（唱）

【二煞】这其间，听一声〔金缕歌〕，看两行红袖舞，常则是笙箫缭绕丫鬟簇。三杯酒满金鹦鹉，六扇屏开锦鹧鸪，反倒做他心腹。那厮有拐人妻妾的器具，引人妇女的方术。

（李四云）这一年四季，斋粮道服，都不打紧。姐夫，你怎么出的家？还做你那六案都孔目去。（正末唱）

【煞尾】再休题掌刑名都孔目，做英雄大丈夫，也只是野人自爱山中宿。眼看那幼子娇妻，我可也做不的主。（下）

（李四云）姐夫去了也。娘子，我那知道还有完聚的日子！如今我两个掌着他这等家缘家计，许他的斋粮道服，须按季送去与他，不要少了他的。（诗云）我李四今年大利，全不似整壶瓶这般悔气。平空的还了浑家，又得他许多家计。（同旦下）

第四折

（外扮包待制引从人上，诗云）冬冬衙鼓响，公吏两边排；阎王生死殿，东岳摄魂台。老夫姓包名拯，字希文，庐州金斗郡四望乡老儿村人氏。官封龙图阁待制，正授开封府尹。奉圣人的命，差老夫五南采访。来到许州，见一儿一女，原是银匠李四的孩儿。他母亲被鲁斋郎夺了，他爷不知所向。这两个孩儿，留在身边。行到郑州，又收得两个儿女，原来是都孔目张珪的孩儿，他母亲也被鲁斋郎夺了，他爷不知所向。我将这两个孩儿留在家中，着他学习文章，早是十五年光景，如今都应过举，得第了也。老夫将此一事，切切于心，拳拳在念。想鲁斋郎恶极罪大，老夫在圣人前奏过，有一人乃是“鱼齐即”，苦害良民，强夺人家妻女，犯法百端。圣人大怒，即便判了斩字，将此人押赴市曹，明正典刑。到得次日，宣鲁斋郎，老夫回奏道：“他做了违条犯法的事，昨已斩了。”圣人大惊道：“他有甚罪斩了?”老夫奏道:“他一生掳掠百姓,强夺人家妻女,是御笔亲判斩字,杀坏了也。”圣人不信,“将文书来我看。”岂知鱼齐即三字,鱼字下边添个日字,齐字下边添个小字,即字上边添一点。圣人见了道:“苦害良民,犯人鲁斋郎,合该斩首。”被老夫智斩了鲁斋郎,与民除害。只是银匠李四、孔目张珪,不知所向。我如今着他两家孩儿,各带他两家女儿,天下巡庙烧香,若认着他父母,教他父子团圆,也是老夫阴骘的勾当。张千,你分付他两个孩儿,同两个女儿,明日往云台观烧香去,老夫随后便来。(诗云)他不遵王法太疏狂,专要夺人妇女做妻房,被我中间改做鱼齐即,用心智斩鲁斋郎。(下)

(净扮观主上,云)道可道,非常道;名可名,非常名。小道姓阎,道号双梅,在这云台观做着个住持。今日无事,看有甚么人来?

(李四同旦儿上,云)自家李四是也。自从与俺那儿女,失散了十五年光景,知他有也无?来到这云台观里,与俺姐姐、姐夫。并两家孩儿做些好事咱。(做见观主科,云)兀那观主,我是许州人氏,一径的来做些好事。

（观主云）你做甚么好事？超度谁？
（李四云）超度姐夫张珪，姐姐李氏，一双儿女金郎、玉姐，还有自己一双儿女喜童、娇儿。与你这五两银子，权做经钱。
（观主云）我出家人，要他怎么？是好银子，且收下一边。看斋食，请吃了斋，与你做好事。
（贴旦道扮上，云）贫姑李氏，乃张珪的浑家。被鲁斋郎夺了我去，可早十五年光景。一双儿女不知去向。连张珪也不知有无。鲁斋郎被包待制斩了，我就舍俗出家。今日去这云台观，与张珪做些好事咱。早来到也。（做见观主科）
（观主云）一个好道姑也！道姑，你从那里来？
（贴旦云）我一径的来与丈夫张珪，孩儿金郎、玉姐做些好事。
（李四云）谁与张珪做好事？
（贴旦云）我与张珪做好事。
（李四云）兀的不是姐姐李氏？（相见打悲科）
（贴旦云）兄弟，这妇人是谁？
（李四云）这个便是你兄弟媳妇儿。姐姐，你怎生得出来？
（贴旦云）包待制斩了鲁斋郎，俺都无事释放。

今日来云台观，追荐你姐夫并孩儿金郎、玉姐。

（李四云）我也为此事来，咱和你一同追荐者。

（李俫冠带同小旦上，云）小官李喜童，妹子娇儿。我母亲被鲁斋郎夺将去了，父亲不知所向。亏了包待制大人，收留俺兄妹二人，教训成人，今应过举，得了头名状元。奉着包待制言语，着俺去云台观里追荐我父母去。早来到了也，兀那住持那里？

（观主云）早知相公到来，只合远接；接待不着，勿令见罪。呀！怎生带着个小姐走？

（李俫云）我一径的来做些好事。

（观主云）相公要追荐何人？

（李俫云）追荐我父亲银匠李四。

（李四云）是谁唤银匠李四？

（李俫云）兀的不是我父亲？

（李四云）你是谁？

（李俫云）则我便是您孩儿喜童，妹子娇儿。

（旦云）孩儿也！你在那里来？

（李俫再说前事，悲科）

（李四云）孩儿，拜你姑姑者。

（做拜科）

（贴旦云）这两人是谁？
（李四云）这两个便是我的孩儿。
（贴旦悲科，云）你一家儿都完聚了，只是俺那孔目，并两个孩儿，不知在那里？
（张倈冠带与小旦上，云）小官是张孔目的孩儿金郎，妹子玉姐。我母亲被鲁斋郎夺去，父亲不知所向。多亏了包待制大人收留俺兄妹二人，教训成人，应过举，得了官也。包待制着俺云台观追荐父母去。可早来到也。住持那里？
（观主云）又是一个官人，他也带着小娘子走。相公到此只甚？
（张倈云）特来做些好事。
（观主云）追荐那一个？
（张倈云）追荐我父亲张珪，母亲李氏。
（贴旦云）谁唤张珪、李氏？
（张倈云）我唤来。
（贴旦云）你敢是金郎么？
（张倈云）妹子，兀的不是母亲？（做悲科。）
（贴旦云）这十五年，你在那里来？
（张倈云）自从母亲去了，父亲不知所向。多亏了包待制大人，将我兄妹二人教训，应过举，得

了官也。今日奉包待制言语，着俺云台观追荐父母，不想得见母亲。不知俺父亲有也无?（做悲科）

（李四云）姐姐，这个既是你的儿子，我把女儿娇儿，与外甥做媳妇罢!

（张倈云）母亲，将妹子玉姐，与兄弟为妻，做一个交门亲眷，可不好那?

（贴旦云）俺两家子母，怕不完聚?只是孔目不知在那里，教我如何放的下!（做悲科）

（正末愚鼓简板上）（诗云）身穿羊皮百衲衣，饥时化饭饱时归；虽然不得神仙做，且躲人间闲是非。想俺出家人，好是清闲也呵!（唱）

【双调新水令】想人生平地起风波，争似我乐清闲，支着个枕头儿高卧!只问你炼丹砂唐吕翁，何如那制律令汉萧何?我这里醉舞狂歌，繁华梦已参破。

【风入松】利名场上苦奔波，因甚强夺?蜗牛角上争人我，梦魂中一枕南柯。不恋那三公华屋，且图个五柳婆娑。

（云）俺这出家人，一年四季，春夏秋冬，好是快活也呵!（唱）

【甜水令】俺这里春夏秋冬，林泉兴味，四时皆可。常则是日夜宿山阿，有人相问，静里工夫，炼形打坐，笑指那落叶辞柯。

【折桂令】想当初，向清明日共饮金波。张孔目家世坟茔，须不是风月鸣珂。他将俺儿女夫妻，直认做了云雨巫娥。俺自撇下家缘过活，再无心段匹绫罗，你休只管信口开合，絮絮聒聒，俺张孔目怎还肯缘木求鱼，鲁斋郎他可敢暴虎冯河。

【雁儿落】鲁斋郎忒太过。（带云）他道：“张珪，将你媳妇，则明日五更送将来，我要。”（唱）不是张孔目从来懦。他在那云阳市剑下分，我去那华山顶峰头卧。

（云）我则道他一世儿荣华富贵，可怎生被包待制斩了，人皆欢悦。（唱）

【得胜令】今日个天理竟如何？黎庶尽讴歌。再不言宋天子英明甚，只说他包龙图智慧多。鲁斋郎哥哥，自惹下亡身祸，我舍了个娇娥，早先寻安乐窝。

（云）今日我去云台观散心咱。

（贴旦云）李四，你看那道人，好似你姐夫，你试唤他一声咱。

（李四叫科，云）张孔目。

（正末回头科，云）是谁叫张孔目？（做见科，云）兀的不是我浑家李氏？

（贴旦云）你怎生撇了我出了家？劝你还俗罢。

（正末诗云）你待散时我不散，悲悲切切男儿汉。从前经过旧恩情，要我还俗呵，有如曹司翻旧案。

（众云）你还了俗罢！

（正末云）我修行到这个地步，如何肯再还俗？

（众拜科）

（正末唱）

【川拨棹】不索你闹镬铎，磕着头礼拜我。（李四云）姐夫，今日咱两家夫妇儿女都完聚了，你可怎生舍的出家去？你依着我，只是还了俗者。（正末唱）**谁听你两道三科，嚷似蜂窝，甜似蜜钵！我若是还了俗可未可。**

（贴旦云）孔目，平素你是受用的人，你为何出家？你怎生受的那苦？

（正末唱）

【七弟兄】你那里问我为何受寂寞，我得过时且自随缘过，得合时且把眼来合，得卧时侧身和衣卧。

【梅花酒】不是我自间阔，趁浪逐波，落落托托，大笑呵呵。夫共妻，任摘离；儿和女，且随他。我这里自磨陀，饮香醪，醉颜酡，拼沉睡在松萝。

【收江南】呀！抵多少南华庄子《鼓盆歌》，乌飞兔走疾如梭，猛回头青鬓早皤皤。任傍人劝我，我是个梦醒人，怎好又着他魔？

（包待制冲上，云）事不关心，关心者乱。老夫包拯，来到这云台观，见一簇人闹，不知为甚么？

（李四云）爷爷，小的是许州人银匠李四。俺姐姐被鲁斋郎强夺为妻，幸得爷爷智斩鲁斋郎，如今俺姐姐回家来了，争奈姐夫张珪，出了家，不肯认他；因此，小的每和他儿女，在此相劝。只望爷爷做主咱。

（包待制云）兀那张珪，你为何不认他？

（正末云）我因一双儿女，不知所在，已是出家多年了，认他做甚么？

（包待制云）张珪，你那儿女和李四的儿女，都在跟前。这十五年间，我都抬举的成人长大，都应过举，得了官也。如今将李四的女儿，与张珪的孩儿为妻；张珪的女儿与李四的孩儿为妻。你两家做个割不断的亲眷。张珪，你快还了俗者！（词云）则为鲁斋郎苦害生民，夺妻女不顾人伦；被老夫设智斩首，方表得王法无亲。你两家夫妻重会，把儿女各配为婚；今日个依然完聚，一齐的仰荷天恩。

（正末同众拜谢科，唱）

【收尾】多谢你大恩人，救了咱全家祸，抬举的孩儿每双双长大，莫说他做亲的得成就好姻缘，便是俺还俗的也不误了正结果。

题目　三不知同会云台观

正名　包待制智斩鲁斋郎

㊊ 包待制三勘蝴蝶梦

《蝴蝶梦》亦是关汉卿著名的公案戏。剧写开封府中牟县王老汉的三个儿子为父报仇，打死皇亲恶霸葛彪。王婆婆主动提出将其亲生子抵罪，以换取王老汉前妻所生二子脱罪。开封府尹包拯嘉其母贤子孝，设法释放了王婆婆的三个儿子。此剧构思巧妙，曲辞凄婉动人。

人物表

王老汉　剧中称“孛老”，开封府中牟县民。外扮。

王婆婆　王老汉继室。正旦扮。

王　大　王老汉与前妻所生长子。冲末扮。

王　二　王老汉与前妻所生次子。冲末扮。

王　三　王老汉与继室王婆婆所生幼子。丑扮。

葛　彪　皇亲恶霸。净扮。

包　拯　开封府尹。为人刚毅，不畏权贵，断案公正。外扮。

副末扮地方，净扮公人，张千及祗候若干人。

楔　子

（外扮孛老，同正旦引冲末扮王大、王二，丑扮王三上，诗云）月过十五光明少，人到中年万事休。儿孙自有儿孙福，莫为儿孙作远忧。老汉姓王，是这开封府中牟县人氏。嫡亲的五口儿家属，这是我的婆婆，生下三个孩儿，都不肯做农庄生活，只是读书写字。孩儿也，几时是那峥嵘发迹的时节也呵！

（王大云）父亲、母亲在上：做农庄生活有甚好处？您孩儿“一举首登龙虎榜，十年身到凤凰池”。

（孛老同旦云）好儿，好儿！

（王二云）父亲、母亲：你孩儿“十年窗下无人问，一举成名天下知”。

（孛老同旦云）好儿，好儿！

（王三云）父亲在上，母亲在下。

（孛老云）胡说！怎么母亲在下？

（王三云）我小时看见俺爷在上头，俺娘在底下，一同床上睡觉来。

（孛老云）你看这厮！

（王大云）父亲、母亲：从古道“文章可立身”，这不是读书的好处？

（孛老云）孩儿，你说的是。

（正旦云）老的，虽然如此，你还替孩儿寻一个长久立身之计。（唱）

【仙吕赏花时】且休说“文章可立身”，争奈家私时下窘！枉了寒窗下受辛勤，却被那愚民暗哂，多咱是宜假不宜真。

【幺篇】他只敬衣衫不敬人，我言语从来无向顺。若三个儿到开春，有甚么实诚定准，怎生便都能勾跳龙门？（同下）

第一折

（孛老上，云）老汉来到这长街市上，替三个孩儿买些纸笔，走的乏了，且坐一坐歇息咱。

（净扮葛彪上，诗云）有权有势尽着使，见官见府没廉耻。若与小民共一般，何不随他带帽子。自家葛彪是也。我是个权豪势要之家，打死人不偿命，时常的则是坐牢。今日无甚事，长街市上闲耍去咱。

（做撞孛老科，云）这老子是甚么人，敢冲着我马头？好打这老驴！

（做打孛老死科，下）

（葛彪云）这老子诈死赖我，我也不怕，只当房檐上揭片瓦相似，随你那里告来。

（副末扮地方上，云）王大、王二、王三在家么？

（王大兄弟上，云）叫怎的？

（地方云）我是地方。不知甚么人打死你父亲在长街上哩！

（王大兄弟云）是真实？母亲，祸事了也！（哭科）

（王二云）我那儿也，打死俺老子。母亲快来！

（正旦上，云）孩儿，为甚么大惊小怪的？

（王三云）不知是谁打死了俺父亲也。

（正旦云）呀！可是怎地来？（唱）

【**仙吕点绛唇**】仔细寻思，两回三次，这场蹊跷事。走的我气咽声丝，恨不的两肋生双翅。

【**混江龙**】俺男儿负天何事？拿住那杀人贼，我乞个罪名儿。他又不曾身耽疾病，又无甚过犯公私。若是俺软弱的男儿有些死活，索共那倚势的乔才打会官司。我这里急忙忙过六街、穿三市，行行里挠腮撧耳、抹泪揉眵。

（做行见尸哭科，唱）

【**油葫芦**】你觑那着伤处一埚儿青间紫，可早停着死尸。你可便从来忧念没家私，昨朝怎晓今朝死，今日不知来日事。血模糊污了一身，软答刺冷了四肢，黄甘甘面色如金纸，干叫了一炊时！

【**天下乐**】救不活将咱没乱死！咱家私、自暗思，到明朝若是出殡时，又没他一陌纸。空排着三个儿，这正是家贫也显孝子。

（王大兄弟云）母亲，人都说是葛彪打杀了俺父亲来。俺如今寻见那厮，扯到官偿命来。（下）

（正旦唱）

【那吒令】他本是太学中殿试，怎想他拳头上便死，今日个则落得长街上检尸！更做道见职官，俺是个穷儒士，也索称词。

（葛彪上，云）自家葛彪，饮了几杯酒，有些醉了也，且回家中去来。

（王大兄弟上，云）兀的不是那凶徒？拿住这厮！（做拿住科，云）是你打死俺父亲来？

（葛彪云）就是我来，我不怕你！

（正旦唱）

【鹊踏枝】若是俺到官时，和您去对情词，使不着国戚皇亲、玉叶金枝；便是他龙孙帝子，打杀人要吃官司！

（王大兄弟打葛彪死科。兄弟云）这凶徒妆醉不起来。

（正旦云）我试问他。（问科，云）哥哥，俺老的怎生撞着你，你就打死他？你如何推醉睡在地下不起来？则这般干罢了？你起来，你起来！呀！你兄弟可不打杀他也！

（王三云）好也，我并不曾动手。

（正旦云）可怎了也！（唱）

【寄生草】你可便斟量着做，似这般甚意儿？你三人平昔无瑕疵，你三人打死虽然是，你三人倒惹下刑名事。则被这清风明月两闲人，送了你玉堂金马三学士。

（做指葛彪科，唱）

【金盏儿】想当时，你可也不三思，似这般逞凶撒泼干行止，无过恃着你有权势、有金资。则道是长街上妆好汉，谁想你血泊内也停尸！正是："将军着痛箭，还似射人时。"

（王大兄弟云）这事少不的要吃官司，只是咱家没有钱钞，使些甚么？

（正旦唱）

【醉中天】咱每日一瓢饮、一箪食，有几双箸、几张匙；若到官司使钞时，则除典当了闲文字。（带云）便这等也不济事。（唱）你合死呵今朝便死，虽道是杀人公事，也落个孝顺名儿。

（净扮公人上，云）休教走了，拿住这杀人贼者！

（正旦唱）

【金盏儿】苦孜孜，泪丝丝，这场灾祸从天至，把俺横拖倒拽怎推辞！一壁厢磣可可停着老子，一壁厢眼睁睁送了孩儿。可知道“福无重受日，祸有并来时”。

（公人云）杀人事不同小可，咱见官去来。

（正旦悲科，云）儿也！（唱）

【后庭花】再休想跳龙门，折桂枝，少不得为亲爷遭横死。从来个人命当还报，料应他天公不受私。（带云）儿也！（唱）不由我不嗟咨，几回家看视，现如今拿住尔，到公庭，责口词，下脑箍，使拶子，这其间，痛怎支？

【柳叶儿】怕不待的一确二，早招承死罪无辞。（带云）儿也！（唱）你为亲爷雪恨当如是，便相次赴阴司，我也甘心做郭巨埋儿。

（祗候云）快见官去罢。

（正旦云）儿也！你每做下这事，可怎了也？

（王大兄弟云）母亲！可怎了也？

（正旦唱）

【赚煞】为甚我教你看诗书、习经史？俺待学孟母三移教子。不能勾金榜上分明题姓氏，则落得犯由牌书写名儿。想当时，也是不得已为之。便做道审得情真，奏过圣旨，止不过是一人处死，须断不了王家宗祀，那里便灭门绝户了俺一家儿！（同下）

第二折

（张千领祗候排衙科，喝云）在衙人马平安，喏！

（外扮包待制上，诗云）冬冬衙鼓响，公吏两边排。阎王生死殿，东岳摄魂台。老夫姓包名拯，字希文，庐州金斗郡四望乡老儿村人也。官拜龙图阁待制学士，正授开封府府尹。今日升厅，坐起早衙。张千，分付司房，有合佥押的文书，将来老夫佥押。

（张千云）六房吏典，有甚么合佥押的文书？

（内应科）

（张千云）可不早说？早是我问你。喏，酸枣县解到一起偷马贼赵顽驴。

（包待制云）与我拿过来！

（祗候押犯人跪科）

（包待制云）开了那行枷者。兀那小厮，你是赵顽驴？是你偷马来？

（犯人云）是小的偷马来。

（包待制云）张千，上了长枷，下在死囚牢里去。

（押下）

（包待制云）老夫这一会儿困倦，张千，你与六房吏典，休要大惊小怪的，老夫暂时歇息咱。

（张千云）大小属官，两廊吏典，休要大惊小怪的，大人歇息哩。

（包做伏案睡做梦科，云）老夫公事操心，那里睡的到眼里，待老夫闲步游玩咱。来到这开封府厅后，一个小角门，我推开这门，我试看者，是一个好花园也。你看那百花烂熳，春景融和。兀那花丛里一个撮角亭子，亭子上结下个蜘蛛罗网，花间飞将一个蝴蝶儿来，正打在网中。（诗云）包拯暗暗伤怀，蝴蝶曾打飞来。休道人无生死，草虫也有非灾。呀！蠢动含灵，皆有佛性，飞将一个大蝴蝶来，救出这蝴蝶去了、呀，又飞了一个小蝴蝶，打在网中，那大蝴蝶必定来救他。……好奇怪也！那大蝴蝶两次三番只在花丛上飞，不救那小蝴蝶，佯常飞去了。圣人道："恻隐之心，人皆有之。"你不救，等我救。（做放科）

（张千云）喏！午时了也。

（包待制做醒科，诗云）草虫之蝴蝶，一命在参差。撇然梦惊觉，张千报午时。张千，有甚么应审的罪囚，将来我问。

（张千云）两房吏典，有甚么合审的罪囚，押上勘问。（内应科）

（张千云）喏！中牟县解到一起犯人，弟兄三人，打死平人葛彪。

（包待制云）小县百姓，怎敢打死平人！解到也未?

（张千云）解到了也。

（包待制云）与我一步一棍，打上厅来。

（解子押王大兄弟上，正旦随上，唱）

【南吕一枝花】解到这无人情御史台，元来是有官法开封府。把三个未发迹小秀士，生扭做吃勘问死囚徒。空教我意下惆㤝。把不定心惊惧，赤紧的贼儿胆底虚。教我把罪犯私下招承，不比那小去处官司孔目。

【梁州第七】这开封府王条清正，不比那中牟县官吏糊涂。扑咚咚阶下升衙鼓，吓的我手忙脚乱，使不得胆大心粗；惊的我魂飞魄丧，走的我力尽筋舒。这公事不比寻俗，就中间担负公徒。嗨、嗨、嗨，一壁厢老夫主在地停尸；更、更、更，赤紧地子母每坐牢系狱；呀、呀、呀，眼见的弟兄每受刃遭诛，早是怕怖。我向这屏墙边侧耳偷睛觑，谁曾见这官府！则今日当厅定祸福，谁实谁虚。

（正旦同众见官跪科）

（张千云）犯人当面。

（包待制云）张千，开了行枷，与那解子批回去。

（做开枷科）

（王三云）母亲，哥哥，咱家去来。

（包待制云）那里去？这里比你那中牟县哪！张千，这三个小厮是打死人的，那婆子是甚么人？必定是证见人；若不是呵，敢与这小厮关亲？兀那婆子，这两个是你甚么人？

（正旦云）这两个是大孩儿。

（包待制云）这个小的呢？

（正旦云）是我第三的孩儿。

（包待制云）噤声！你可甚治家有法？想当日孟母教子，居必择邻；陶母教子，剪发待宾；陈母教子，衣紫腰银；你个村妇教子，打死平人。你好好的从实招了者！

（正旦唱）

【贺新郎】孩儿每万千死罪犯公徒。那厮每情理难容，俺

孩儿杀人可恕。俺穷滴滴寒贱为黎庶，告爷爷与孩儿每做主。这三个自小来便学文书，他则会依经典、习礼义，那里会定计策、厮亏图？百般的拷打难分诉。岂不闻“三人误大事，六耳不通谋”？

（包待制云）不打不招。张千，与我加力打者！

（正旦悲科，唱）

【隔尾】俺孩儿犯着徒流绞斩萧何律，枉读了恭俭温良孔圣书。拷打的浑身上怎生觑！打的来伤筋动骨，更疼似悬头刺股。他每爷饭娘羹，何曾受这般苦！

（包待制云）三个人必有一个为首的，是谁先打死人来？

（王大云）也不干母亲事，也不干两个兄弟事，是小的打死人来。

（王二云）爷爷，也不干母亲事，也不干哥哥、兄弟事，是小的打死人来。

（王三云）爷爷，也不干母亲事，也不干两个哥哥事，是他肚儿疼死的，也不干我事。

（正旦云）并不干三个孩儿事，当时是皇亲葛彪先打死妾身夫主，妾身疼忍不过，一时乘忿争斗，将他打死。委的是妾身来！

（包待制云）胡说！你也招承，我也招承，想是串定的。必须要一人抵命。张千，与我着实打者！

（正旦唱）

【斗虾蟆】静巉巉无人救，眼睁睁活受苦，孩儿每索与他招伏。相公跟前拜覆：那厮将人欺侮，打死咱家丈夫。如今监收媳妇，公人如狼似虎，相公又生嗔发怒。休说麻槌脑箍，六问三推，不住勘问，有甚数目，打的浑身血污。大哥声冤叫屈，官府不由分诉；二哥活受地狱，疼痛如何担负；三哥打的更毒，老身牵肠割肚。这壁厢那壁厢由由忬忬，眼眼厮觑，来来去去，啼啼哭哭。则被你打杀人也待制龙图！可不道“儿孙自有儿孙福”！难吞吐，没气路，短叹长吁，愁肠似火，雨泪如珠。

（包待制云）我试看这来文咱。（做看科，云）中牟县官好生糊涂，如何这文书上写着王大、王二、王三打死平人葛彪？这县里就无个排房吏典？这三个小厮，必有名讳；便不呵，也有个小名儿。兀那婆子，你大小厮叫做甚么？

（正旦云）叫做金和。

（包待制云）第二的小厮叫做甚么？

（正旦云）叫做铁和。

（包待制云）这第三个呢？

（正旦云）叫做石和。

（王三云）尚。

（包待制云）甚么尚？

（王三云）石和尚。

（包待制云）嗨，可知打死人哩！庶民人家，取这等刚硬名字，敢是金和打死人来？

（正旦唱）

【牧羊关】这个是金呵，有甚么难镕铸？（包待制云）敢是石和打死人来？（正旦唱）**这个是石阿，怎做的虚？**（包待制云）敢是铁和打死人来？（正旦唱）**这个便是铁呵，怎当那官法如垆？**（包待制云）打这赖肉顽皮！（正旦唱）**非干是孩儿每赖肉顽皮，委的衔冤负屈。**（包待制云）张千，便好道："杀人的偿命，欠债的还钱。"把那大的小厮，拿出云与他偿命。（正旦唱）**眼睁睁难搭救，簇拥着下阶除。教我两下里难顾瞻，百般的没是处。**

（云）包待制爷爷好葫芦提也！

（包待制云）我着那大的儿子偿命，兀那婆子说甚么？

（张千云）那婆子手扳定枷梢，说包待制爷爷葫芦提。

（包待制云）那婆子他道我葫芦提，与我拿过来！

（正旦跪科）

（包待制云）着你大儿子偿命，你怎生说我葫芦提？

（正旦云）老婆子怎敢说大人葫芦提，则是我孩儿孝顺，不争杀坏了他，教谁人养活老身？

（包待制云）既是他母亲说大小厮孝顺，又多邻家保举，这是老夫差了。留着大的养活他。张千，着第二的偿命。

（正旦唱）

【隔尾】一壁厢大哥行牵挂着娘肠肚，一壁厢二哥行关连着痛肺腑。要偿命，留下孩儿，宁可将婆子去。似这般狠毒，又无处告诉，手扳定枷梢叫声儿屈。

（云）包待制爷爷好葫芦提也！

（包待制云）又做甚么大惊小怪的？

（张千云）那婆子又说老爷葫芦提。

（包待制云）与我拿过来！

（正旦跪科）

（包待制云）兀那婆子，将你第二的小厮偿命，怎生又说我葫芦提？

（正旦云）怎敢说爷爷葫芦提，则是第二的小厮会营运生理，不争着他偿命，谁养活老婆子？

（包待制云）着大的偿命，你说他孝顺；着第二的偿命，你说他会营运生理；却着谁去偿命？

（王三自带枷科）

（包待制云）兀那厮做甚么？

（王三云）大哥又不偿命，二哥又不偿命，眼见的是我了，不如早做个人情。

（包待制云）也罢，张千，拿那小的出去偿命。

（做推转科）

（包待制云）兀那婆子，这第三的小厮偿命可中么？

（正旦云）是了，可不道"三人同行小的苦"，他偿命的是。

（包待制云）我不葫芦提么？

（正旦云）爷爷不葫芦提。

（包待制云）噤声！张千，拿回来！争些着婆子瞒过老夫。眼前放着个前房后继，这两个小厮必是你亲生的；这一个小厮，必是你乞养来的螟蛉之子，不着疼热，所以着他偿命。兀那婆子，说的是呵，我自有个主意；说的不是呵，我不道饶了你哩！

（正旦云）三个都是我的孩儿，着我说些甚么？

（包待制云）你若不实说，张千，与我打着者！

（正旦云）大哥、二哥、三哥，我说则说，你则休生分了。

（包待制云）这大小厮是你的亲儿么？

（正旦唱）

【牧羊关】这孩儿虽不曾亲生养，却须是咱乳哺。（包待制云）这第二的呢？（正旦唱）**这一个偌大小是老婆子抬举。**（包待制云）兀那小的呢？（正旦打悲科，唱）**这一个是我的亲儿，这两个我是他的继母。**（包待制云）兀那婆子近前来，你差了也！前家儿着一个偿命，留着你亲生孩儿养活你，可不好那？（正旦云）爷爷差了也！（唱）**不争着前家儿偿了命，显得后尧婆忒心毒。我若学嫉妒的桑新妇，不羞见那贤达的鲁义姑？**

（包待制云）兀那婆子，你还着他三人心服，果是谁打死人来？

（正旦唱）

【红芍药】浑身是口怎支吾，恰似个没嘴的葫芦。打的来皮开肉绽损肌肤，鲜血模糊，恰浑似活地狱。三个儿都教死去，你都官官相为倚亲属，更做道国戚皇族。

（做打悲科，唱）

【菩萨梁州】大哥罪犯遭诛，二哥死生别路，三哥身归地府，干闪下我这老业身躯。大哥孝顺识亲疏，二哥留下着当门户，第三个哥哥休言语，你偿命正合去。常言道“三人同行小的苦”，再不须大叫高呼。

（包待制云）听了这婆子所言，方信道“良贾深藏若虚，君子盛德，容貌若愚”。这件事，老夫见为母者大贤，为子者至孝。为母者与陶、孟同列，为子者与曾、闵无二。适间老夫昼寐，梦见一个蝴蝶，坠在蛛网中，一个大蝴蝶来救出，次者亦然；后来一小蝴蝶亦坠网中，大蝴蝶虽见不救，飞腾而去，老夫心存恻隐，救这小蝴蝶出离罗网。天使老夫预知先兆之事，救这小的之命。（词云）恰才我依条犯法分轻重，不想这分外却有别词讼。杀死平人怎干休？莫言罪律难轻纵。先教长男赴云阳，为言孝顺能供奉；后教次子去餐刀、又言营运充日用；我着那最小的幼男去当刑，他便欢喜紧将儿发送。只把前家儿子苦哀矜，倒是自己亲儿不悲痛。似此三从四德可褒封，贞烈贤达宜请俸。忽然省起这事来，天使游魂预惊动。三个草虫伤蛛丝，何异子母官司向谁控！三番继母弃亲儿，正应着午时一枕蝴蝶梦。张千，把一干人都下在死囚牢中去！

（正旦慌向前扯科，唱）

【水仙子】则见他前推后拥厮揪捽，我与你扳住枷梢高叫屈。眼睁睁有去路无回路，好叫我百般的没是处。这埚儿便死待何如？好和弱随将去，死共活拦当住，我只得紧揝住衣服。

（张千推旦科，押三人下）

（正旦唱）

【黄钟尾】包龙图往常断事曾着数，今日为官忒慕古。枉教你坐黄堂，带虎符，受荣华，请俸禄。俺孩儿，好冤屈，不睹事，下牢狱。割舍了，待泼做；告都堂，诉省部；撅皇城，打怨鼓；见銮舆，便唐突。呆老婆唱今古，又无人肯做主，则不如觅死处，眼不见鳏寡孤独，也强如没归着，痛煞煞，哭啼啼，活受苦。（下）

（包待制云）张千，你近前来。可是恁的……

（张千云）可是中也不中？

（包待制云）贼禽兽，我的言语可是中也不中！

（诗云）我扶立当今圣明主，欲播清风千万古。

这些公事断不开，怎坐南衙开封府！（同下）

第二折

（张千同李万上，诗云）手执无情棒，怀揣滴泪钱。晓行狼虎路，夜伴死尸眠。自家张千便是。有王大、王二、王三下在死囚牢中，与我拿将他三个出来。

（王大、王二上，云）哥哥可怜见！

（张千云）别过枷梢来，打三下杀威棒！（打三下科，云）那第三个在那里？

（王三上，云）我来了！

（张千云）李万，抬过押床来，丢过这滚肚索去扯紧着。

（做扯科。三人叫科）

（张千云）李万，你家去吃饭，我看着，则怕提牢官来。（李万下）

（正旦上，云）我一个孩儿都下在死囚牢中，我叫化了些残汤剩饭，送与孩儿每吃去。（唱）

【正宫端正好】遥望着死囚牢，恰离了悲田院，谁敢道半

步俄延！排门儿叫化都寻遍，讨了些泼剩饭和杂面。

【滚绣球】俺孩儿本思量做状元，坐琴堂，请俸钱，谁曾遭这般刑宪！又不曾犯“五刑之属三千”。我不肯吃，不肯穿，烧地卧，炙地眠，谁曾受这般贫贱！正按着陈婆婆古语常言，他须不求金玉重重贵，却甚儿孙个个贤，受煞熬煎。

（做到牢门科，云）这里是牢门首，我拽动这铃索者。

（张千云）则怕是提牢官来。我开开这门，看是谁拽动铃索来？

（正旦云）是我拽来。

（张打科，云）老村婆子！这是你家里？你来做甚么？

（正旦云）我与三个孩儿送饭来。

（张千云）灯油钱也无，冤苦钱也无，俺吃着死囚的衣饭，有钞将些来使。

（正旦云）哥哥可怜见！一个老的被人打死了，三个孩儿又在死囚牢内；老身吃了早晨，无了晚夕，前街后巷，叫化了些残汤剩饭，与孩儿每充饥。哥哥只可怜见！（唱）

【倘秀才】叫化的剩饭重煎再煎，补衲的破袄儿番穿了正穿。（云）哥哥，则这件旧衣服送你罢！（唱）有这个旧褐袖，与哥哥且做些冤苦钱。（张千云）我也不要你的。（正旦唱）谢哥哥相觑当，厮周全，把孩儿每可怜。

（张千云）罪已问定也，救不的了。

（正旦唱）

【脱布衫】争奈一家一计，肠肚萦牵；一上一下，语话熬煎；一左一右，把孩儿顾恋；一捋一把，雨泪涟涟。

【醉太平】数说起罪愆，委实的衔冤，我这里烦烦恼恼怨青天，告哥哥可怜。他三个足丢没乱眼脑剔抽秃刷转，依柔乞煞手脚滴羞笃速战；迷留没乱救他叫破俺喉咽，气的来前合后偃。

（张千云）放你进来，我掩上这门。

（正旦进见科，云）兀的不是我孩儿！（做悲科。）

（王大云）母亲，你做甚么来？

（正旦云）我与你送饭来。（正旦向张千云）哥哥，怎生放我孩儿吃些饭也好。

（张千云）你没手？兀那婆子，喂你那孩儿。

（正旦喂王大、王二科，唱）

【笑和尚】我、我、我，两三步走向前，将、将、将，把饭食从头劝。我、我、我，一匙匙都抄遍，你、你、你，胡噎饥，你、你、你，润喉咽。（王三云）娘也，我也吃些儿。（正旦唱）**石和尚好共歹一口口刚刚咽。**

（旦做倾饭科，云）大哥，这里有个烧饼，你吃，休教石和看见。二哥，这里有个烧饼，你吃，休教石和看见。（唱）

【叨叨令】叫化的些残汤剩饭，那里有重罗面！你不想堂食玉酒琼林宴，想当初长枷钉出中牟县，却不道布衣走上黄金殿。兀的不苦杀人也么哥！兀的不苦杀人也么哥！告你个提牢押狱行方便。

（云）大哥，我去也，你有甚么说话？

（王大云）母亲，家中有一本《论语》，卖了替父亲买些纸烧。

（正旦云）二哥，你有甚么话说？

（王二云）母亲，我有一本《孟子》，卖了替父亲做些经忏。

（王三哭云）我也没的分付你，你把你的头来我抱一抱。

（正旦出科）

（张千云）兀那婆子，你要欢喜么？

（正旦云）我可知要欢喜哩！

（张千入牢科，云）那个是大的？

（王大云）小人是大的。

（张千云）放水火！

（王大做出科）

（张千云）兀那婆子，你这大的孝顺，保领出去养活你，你见了这大的儿子，你欢喜么？

（正旦云）我可知欢喜哩！

（张千云）我着你大欢喜。（做入牢科，云）那个是第二的？

（王二云）小人便是。

（张千云）起来，放水火！

（做放出科）

（张千云）兀那婆子，再与你这第二的，能营运养活你。

（正旦云）哥哥，那第三个孩儿呢？

（张千云）把他盆吊死，替葛彪偿命去。明日早墙底下来认尸。

（正旦悲科，唱）

【上小楼】将两个哥哥放免，把第三的孩儿推转；想着我咽苦吞甘，十月怀耽，乳哺三年。不争教大哥哥、二哥哥身遭刑宪，教人道桑新妇不分良善。

【幺篇】你本待冤报冤，倒做了颠倒颠！岂不闻杀人偿命，罪而当刑，死而无怨。（做看王三科，唱）**若是我两三番将他留恋，教人道后尧婆两头三面。**

（王大、王二云）母亲，我怎舍得兄弟也！

（正旦云）大哥、二哥家去来，休烦恼者！（唱）

【快活三】眼见的你两个得升天，单则你小兄弟丧黄泉。（做觑王三悲科，唱）**教我扭回身，忍不住泪涟涟。**（王大、王二悲科。）（正旦云）罢，罢，罢！但留的你两个呵，（唱）**他便死也我甘心情愿。**

【朝天子】我可便可怜孩儿忒少年，何日得重相见？不争将前家儿身首不完全，枉惹得后代人埋怨。我这里自推自

搠到三十余遍，畅好是苦痛也么天！到来日一刀两段，横尸在市廛，再不见我这石和面。

【尾煞】做爷的不曾烧一陌纸钱，做儿的又当了罪愆，爷和儿要见何时见？若要再相逢一面，则除是梦儿中咱子母团圆。（王大、王二随下）

（王三云）张千哥哥，我大哥、二哥都那里去了？

（张千云）老爷的言语，你大哥、二哥都饶了，着养活你母亲去，只着你替葛彪偿命。

（王三云）饶了我两个哥哥、着我偿命去，把这两面枷我都带上。只是我明日怎么样死？

（张千云）把你盆吊死，三十板高墙丢过去。

（王三云）哥哥，你丢我时放仔细些，我肚子上有个疖子哩。

（张千云）你性命也不保，还管你甚么疖子。

（王三唱）

【端正好】腹揽五车书，（张千云）你怎么唱起来？（王三云）是曲尾。（唱）都是些《礼记》和《周易》。眼睁睁死限相随，指望待为官为相身荣贵，今日个毕罢了名和利。

【滚绣球】包待制比问牛的省气力，俺父亲比那教子的少见识，俺秀才每比那题桥人无那五陵豪气。打的个遍身家鲜血淋漓，包待制又葫芦提，令史每妆不知。两边厢列着祇候人役，貌堂堂都是一火洒合娘的。隔牢擗彻墙头去，抵多少平空寻觅上天梯。（带云）张千！（唱）等我合你奶奶歪屁。（下）（张千随下）

第四折

（王三背赵顽驴尸上，伏定）

（王大、王二上，云）咱同母亲寻三哥尸首去来，母亲行动些！

（正旦上，云）听的说石和孩儿盆吊死了，他两个哥哥抬尸首去了，我叫化了些纸钱，将着柴火。烧埋孩儿去呵！（唱）

【双调新水令】我从未拔白悄悄出城来，恐怕外人知大惊小怪。我叫化的乱烘烘一陌纸，拾得粗坌坌几根柴，俺孩儿落不得席卷椽抬，谁想有这一解！

（打悲科，云）孩儿呵！（唱）

【驻马听】想着你报怨心怀，和那横死爷相逢在分界牌。（带云）若相见时呵，（唱）您两个施呈手策，把那杀人贼推下望乡台。黑洞洞天色尚昏霾，静巉巉迥野荒郊外，隐隐似有人来，觑绝时教我添惊骇。

（王大、王二背尸上，云）母亲那里？这不是三哥尸首？

（旦做认悲科，唱）

【夜行船】慌急列教咱观了面色，血模糊污尽尸骸。我与你慌解下麻绳，急松开衣带，您疾忙向前来扶策。

【挂玉钩】你与我揪住头心掐下颏，我与你高阜处招魂魄。石和哎！贪慌处将孩儿落了鞋，你便叫杀他，怎得他瞅睬？空教我闷转加，愁无奈，只落得哭哭啼啼，怨怨哀哀。

（带云）石和孩儿呵！（唱）

【沽美酒】我将这老精神强打拍，小名儿叫的明白，你个孝顺的石和安在哉？则被他抛杀您奶奶，教我空没乱把地皮掴。

【太平令】空教我哭啼啼自敦自摔，百般的唤不回来。也是我多灾多害，急煎煎不宁不耐。（云）石和孩儿呵！（王三上，应云）我在这里！（正旦唱）教我左猜右猜，不知是那里应来？呀！莫不是山精水怪？

（王三上云）母亲，孩儿来了。

（正旦慌科，云）有鬼！有鬼！

（王三云）母亲休怕，是石和孩儿，不是鬼。

（正旦唱）

【风入松】我前行他随后赶将来，吓的我撧耳挠腮，教我战笃速忙把孩儿拜，我与你收拾垒七修斋。（王三云）母亲，我是人。（正旦唱）**不是鬼疾言个皂白，怎免得这场灾？**

（王三云）包爷爷把偷马贼赵顽驴盆吊死了，着我拖他出来，饶了你孩儿也。

（正旦唱）

【川拨棹】这场灾，一时间命运衰；早则解放愁怀，喜笑盈腮。我则道石沉大海！（云）大哥，二哥，您两个管着甚么哩？（唱）**这言语休见责。**

（云）您两个好不仔细，抬这尸首来做甚？（唱）

【殿前欢】孩儿，你也合把眼睁开，却把谁家尸首与我背将来？也不是提鱼穿柳欢心大，也不是鬼使神差。虽然道死是他命该，你为甚无妨碍？（王三云）孩儿知道没事，是包爷爷分付，教我背出来的。（正旦唱）**常言道：“老实的终须在！”把错抬的尸首，你与我土内藏埋。**

（包待制冲上，云）你怎生又打死人？

（正旦慌科）

（包待制云）你休慌莫怕。他是偷马的赵顽驴，替你偿葛彪之命。你一家儿都望阙跪者，听我下断。（词云）你本是龙袖娇民，堪可为报国贤臣。大儿去随朝勾当，第二的冠带荣身，石和做中牟县令，母亲封贤德夫人。国家重义夫节妇，更爱那孝子顺孙，今日的加官赐赏，一家门望阙沾恩。

（正旦同三儿拜谢科，云）万岁，万岁，万万岁！（唱）

【水仙子】九重天飞下纸赦书来，您三下里休将招状责。一齐的望阙疾参拜，愿的圣明君千万载。更胜如枯树花开，捱了些脓血债，受彻了牢狱灾，今日个苦尽甘来。

【鸳鸯煞】不甫能黑漫漫填满这沉冤海，昏腾腾打出了迷魂寨，愿待制位列三公，日转千阶。唱道娘加做贤德夫人，儿加做中牟县宰，赦得俺一家儿今后都安泰。且休提

这恩德无涯，单则是子母团圆，大古里彩！

题目　葛皇亲挟势行凶横

　　　赵顽驴偷马残生送

正名　王婆婆贤德抚前儿

　　　包待制三勘蝴蝶梦